「成功の秘法」を手に入れるためのレッスン

星の商人

THE MERCHANTS OF STARS

犬飼ターボ

サンマーク出版

分かち合い、成功を助け合う商人たちは
「星の商人」と呼ばれる。

星の商人　もくじ

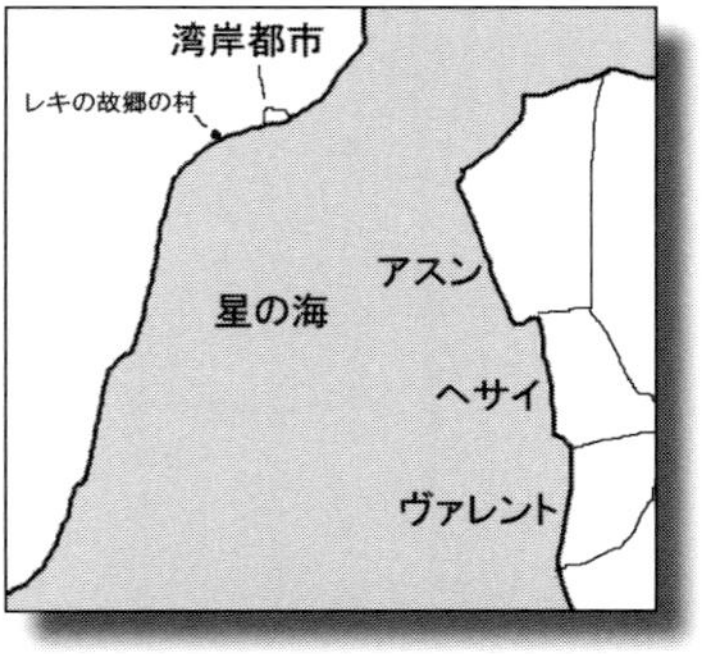
湾岸都市
レキの故郷の村
アスン
星の海
ヘサイ
ヴァレント

登場人物

レキ（商人を目指す、小柄で巻き毛の主人公）
スタム（長い黒髪の青年）
アルヘンティア（通称〝アル〟、湾岸都市の商人）

賢者
オーランド（湾岸都市の大商人）
ソルフィ（アルの娘）
ドリ（アルの妻）
マシュー（レキネスの最初のメンバー）
ロダン（レキネスの二人目のメンバー）

1

湾岸都市の賢者

賢者は白いあごひげをさすりながら立ち上がった。
「並の商人に終わるのではなく、
大商人の秘法を知りたいというのだな」

「うわぁ、こんな大きな町見たことないや」

「たしかに、でかいな」

最初に声を発したレキは、栗色の巻き毛と大きな瞳《ひとみ》が目立つ愛嬌《あいきょう》のある顔立ちである。

その隣に立つスタムは、真っ黒な髪を後ろで束ねている。レキとは対照的な小さな黒目が、どこか人を寄せ付けない印象を与えた。スタムは取り立てて大男というわけではないのだが、小柄なレキと並ぶとやたら背が高く見える。

二人の若者は湾岸都市の手前の村でたまたま出会った。向かう先が同じ湾岸都市で、さらに商人になるためという目的も同じだったものだから、なんとなく一緒に旅をしてきた。

湾岸都市は城壁に囲まれた巨大な都市である。〝都市〟と呼ばれてはいるが、一人の王が治めるひとつの国なのだ。この一帯の土地はあまり肥沃《ひよく》ではないので、周辺国家との交易で成り立っている。貿易が発達したのは、それ以外に生き残る道がなかったからだともいえる。

レキは道がすべて石畳で舗装されていることに驚いた。その石畳を行き来する人の多さといったら、まるで夕暮れのこうもりの大群のようだ。荷車を押している者や何か売り物が入った袋を背中にかついでいる者などが忙しそうに歩き去る。砂埃《すなぼこり》の匂《にお》いに混じって、どこかで調理されている食べ物やら労働者の汗やら、いろいろなものがごちゃ混ぜになった生活の匂いが渦巻く。

隣のスタムが難しそうな顔をして言った。

「商人の町だとは聞いていたが、こんなにたくさんいるとは」

ここでは二人はただの田舎者だった。

「商人がこんなにいるなんてすごいね！　商人になるって簡単そうだなあ」

舞い上がるレキにスタムが水を差した。

「たくさんいるのと、簡単になれるのとは別のことだ。みんな忙しそうで、とても俺《おれ》たちに教えてくれそうもないぞ」

二人は空腹を満たすために食事のできそうな店を探した。なるべく人が入っている店を選んだ。恐る恐る空いているカウンターの席に座る。地方から出てきた若者に注目する客はいないようだ。

「ここでは人が多すぎるから、みんなが知り合いというわけじゃないんだね」

レキの故郷は小さい村なのでよそ者は目立つ。そしてたちまち噂《うわさ》になるのだ。

「あまりキョロキョロするな」

そういうスタムも冷静を装おうとしているが、緊張を隠せなかった。

突然、店に怒鳴り声がとどろいた。

「なんだ、オヤジ！　この料理まずいぞ」

レキとスタムが振り返ると、その声は店の一番奥まった席にふんぞり返っている男のもののようだ。四〇歳くらいで頭を丸刈りにしている。目がぎらぎらと輝き、異様なオーラを放っていた。金の刺繍《ししゅう》の入った、いかにも高級そうな服を着ている。ひと目でお金持ちだということがわかった。

一番の特徴はその太りすぎた体だった。もともと短い首なのだろうか、あごが三重になって服の上にまで贅肉《ぜいにく》が乗っかっていた。

そのまわりを五人の子分が取り囲むように座っている。

カウンターの中にいた店主が急いでテーブルに走りより、不自然なほどへりくだった態度でわびた。

「オーランド様、申し訳ございません。ただいますぐにほかの料理をおもちいたします」

「もういらん」

男は許さず、全身の脂肪を揺らして席を立つ。子分たちも一斉にそれにならった。オーランドという男は絶対的な支配者であるらしい。

「店でまずいものを出すな。さもないと港で商売をさせねえぞ。ぐははは」

醜悪な冗談に自分で笑う。子分も一緒になって笑った。店には険悪な空気が流れる。

チャリン、チャリン、チャリン。

オーランドはコインをわざと一枚ずつ、枚数がわかるように店主の手に落とした。

「こんなにいただけるのですか。オーランド様、ありがとうございます」

本来の倍の代金を受け取った店主は禿《は》げた頭をぺこぺこと下げた。

「また来るからな」

オーランドは店主の肩をポンポンと叩《たた》いてから店を出ていった。店主はやっと解放され、大きなため息をつき、額の汗を手でぬぐう。

「誰だったんですか？」

店主は大切な代金を引き出しにしまいながらレキの質問に答えた。

「大商人のオーランド様だよ。湾岸都市で一番の商人だ」

人好きのしそうな店主だった。かわいそうによほど気を使ったのだろう。すっかりまいっていた。今日は仕事にならないかもしれない。

「巻き毛と長髪のお二人さん。ここは初めてかい？　何しに来たんだい？」

「ええ、初めてです。僕らは商人になるためにやってきました」

「ほうほう。君らのように商人を夢見る若者は昔から多いな。私も昔はお前さんたちのようだったが、まったくこんなに大変なことがあるとは思わなかったよ」

レキとスタムはひそひそと相談し、レキが代表してたずねる。

「あのう、商人にはどうやったらなれるんでしょう？」

「商人にはどうやってなるか……。普通は商人の下で働くのだろうな。そして独立していくものだろう。親が商人だったという場合も多いな」

「なるほど、やはり商人の下で働くといいのか」

スタムは腕を組んでうなずく。レキも自分が父親の漁船に乗って自然に漁の仕方を覚えたことを思い出していた。きっとそれと同じなんだろう。

店主は思い出したようにつけ加えた。

「そうだ。都市の西に住む賢者を訪ねるといいだろう。今はもう引退しておられるが、昔は名のある大商人だったからね」

「大商人だった賢者様ですか」

二人は商人の下で働く前に、賢者に会いにいくことにした。


西の賢者の家はすぐに見つかった。名のある大商人だったというだけあって、塀に囲まれた立派な屋敷だ。出てきた使用人にレキが告げる。いつの間にか人に話しかける役はレキになっていた。

「レキとスタムと申します。私たちは商人になりたくてこの都市に来ました。賢者様にお目通りかなうでしょうか」

「聞いてまいりましょう。お待ちください」

そう丁寧な様子で答えて、使用人は奥の建物に入っていく。しばらくすると戻ってきた。

「賢者様がお会いになるそうです」

レキとスタムは緊張して使用人についていった。


二人は屋敷の一番奥の部屋に通された。

賢者は紺の刺繍が施された灰色のローブに身を包み、籐《とう》の椅子に腰かけていた。レキはひそかに賢者を観察した。顔に刻まれたしわが知性を感じさせる。大きなことを成し遂げた人物から漂う特別な風格がある、とレキは思った。

「商人になりたいそうだが」

「はい。賢者様に商人になる方法を教えていただきたいのです」

スタムが落ち着いた声で答えた。

「商人になるなど簡単なことじゃ。まず自分を商人だと思い、人にそう言えばいい。そして市場に行って何かを売るのだ」

「私がなりたいのは普通の商人ではございません。賢者様のような大商人でございます。この国に商人はたくさんおりますが、賢者様ほど成功されている大商人はおりません。その違いを知りたいのでございます」

いつもは乱暴な言葉遣いのスタムが丁寧な言葉で語るのを、レキは少し驚いて聞いていた。賢者は白いあごひげをさすりながら立ち上がった。

「並の商人に終わるのではなく、**大商人の秘法**を知りたいというのだな。ではそれを書いた羊皮紙を売って差し上げよう。ただし、値段は高いぞ」

レキとスタムは予想もしなかった展開に顔を見合わせた。そして大商人の秘法の値段を想像した。この屋敷が買えてしまうくらいだろうか。船一隻くらいだろうか。それとももうちょっと安くて、羊何頭ぶんかだろうか。

「あのう、おいくらでしょうか?」

レキがおずおずとたずねる。賢者はごほんと咳《せき》払いをして言った。

「1ゴールドじゃ」

またレキとスタムは顔を見合わせた。

「1……1ゴールドですか。少し相談させてください」

顔を近づけてひそひそと話す。

（レキよ、どうする。俺たちはもしや騙《だま》されようとしているんじゃないか？）

（うーん……）

レキは答えられなかった。**大商人の秘法**とはそんなに簡単に買えるようなものなのだろうか。それに値段も安すぎる。1ゴールドとは先ほどの二人ぶんの食事代と同じだ。もちろん、支払っても惜しくはない金額だ。

二人の相談がまとまった。

「賢者様。では買わせていただきます」

「そうか、では二人ぶんで2ゴールドだな」

「え!?　一枚を二人で見てはだめでしょうか」

賢者は首を横に振り、人さし指を立てて言った。

「一人1ゴールドじゃ。なんといっても**大商人の秘法**じゃからのう。くほほほう」

なぜか楽しそうな賢者に、二人は「買います」と返事をした。

パンパン。

賢者は手を叩いて使用人を呼び、二枚の丸く巻かれた羊皮紙をもってこさせた。そして、それをレキとスタムにそれぞれ手渡した。二人はうやうやしく受け取る。

「それはここを出てから読むように。書かれた内容についての質問は、一人一回だけ受けよう。しかし、アムかノムとしか答えぬぞ」

アムとノムは湾岸都市の商人が取引のときの会話で使う独特な言い方で、「アム」は「YES」、「ノム」は「NO」の意味だ。

「質問は今日のうちにしなければだめですか」

「そうじゃな、今日でなくてもよいぞ。これはお客様サービスじゃからのう。くほほほほう」

羊皮紙を早く読みたくてうずうずしていた二人は、門を出てすぐにそれを広げてみた。何やら文字が書かれている。

「ねえ、スタム。これはなんて書いてあるんだろう?」

「俺は文字が読めないんだ。もしかしてレキも読めないのか」

「うん」

二人とも字が読めないのは当然だった。この時代、文字は特別な知識で、商人か役人の間でしか使われていなかった。文字を必要とする人はまだそれほど多くはいなかったのだ。

2

信じる者と疑う者

レキは心を決めた。信じることにする。
もし羊皮紙に書いてあることが嘘だったとしても、
今の自分が失うものは何もない。

二人は、昼に食事をした店に戻ってあの店主に読んでもらうことにした。

「どれどれ。『他の成功は己の成功』と書かれているな」

読んでもらったものの、レキもスタムもその意味はよくわからなかった。

夕闇《ゆうやみ》が迫ってきたので、二人はできるだけ安い宿屋を探した。二人とも旅が長かったので野宿でもまったくかまわなかったのだが、夜盗が出るというので安全を選んだ。やっと見つけた宿だったが、狭い部屋に粗末なベッドが二台あるだけのそっけない部屋だった。たくさんの人に使い古された独特の匂《にお》い。こんな汚らしいところなら、いっそ外で寝たほうがましに思えた。外にはきれいな空気と星空が広がっているのだから。

安っぽいベッドに乗ると、ギシギシと派手な音がした。

「わけがわからん。騙《だま》されたな。たったこれだけの言葉が書かれた羊皮紙に1ゴールドなんて高すぎるんじゃないか!?」

スタムが羊皮紙をほうり投げて言った。

「そうかな。僕はむしろ安すぎる気がするけど」

「まあな。貴重な**大商人の秘法**にしては安すぎるな。でもこんな文字が書かれただけの羊皮紙一枚に1ゴールドは高いだろう。あの賢者は明らかに怪しかったぞ。『くほほほほう』とか変な笑い方だったし」

スタムの物真似がうまかったのでレキは笑った。

「でもスタム、賢者様が僕らからたった1ゴールドずつ儲《もう》けて、いったい何になる？」

スタムはあの大きな屋敷を思い浮かべた。

「たしかにそうだな」

二人は仰向けに寝転んだまま羊皮紙の内容について話し合った。

「ねえ、スタム。『他の成功』という意味は他人の成功ということだよね」

「ああ。後ろの部分で『己の成功』というんだからそういうことになるだろうな」

「ほかの人が成功すると自分が成功するということかな？」

「はあ？　それでは意味が通らない。ほかの人と自分とは違う人間だ。ほかの人の成功で自分も成功するわけはない」

二人とも疲れがたまっていて、それ以上考えられなくなったので、明日、賢者に質問してみようということになった。


翌朝、二人はまた賢者の屋敷を訪ねた。スタムはなぜかとても不機嫌でひと言も話さなかった。


「賢者様、さっそくですが質問をさせてください」

「よかろう。一人につきひとつだけ答えよう。ただし、昨日話したようにアムかノムとしか答えぬぞ」

いきなり、スタムが少し怒ったように聞いた。

「これは本当に成功の秘訣《ひけつ》なのですか?」

「それが質問なのだな。もちろんアムじゃ」

レキは慎重なスタムらしくない早まった質問にがっかりした。

「でも、これだけではわかりません。もっと具体的に教えてください」

スタムはなおも食い下がる。しかし賢者は口元に微笑をたたえて、ただ首を横に振るだけだった。スタムは不満もあらわに腕を組み、口を尖《とが》らせてプイッと横を向いた。

さて、今度はレキが質問する番だ。レキは冷静だった。賢者が自分たちから2ゴールドを騙《だま》し取るつもりではないことは感じられた。あらためて屋敷に来てみて、目の前の賢者は本当に元大商人だったのだと確信した。だから、大商人になる方法も知っているに違いない。レキは長い間考えてからたずねた。

「賢者様。これは『ほかの人の成功を助けると自分も成功する』という意味ですか」

「アム！」

賢者は深くうなずいて笑った。

屋敷を出るとスタムが怒りながら言った。

「すっかり金と時間を無駄にしてしまった！」

「そうかい。賢者様はたしかにコツを教えてくれたじゃないか」

「レキ、お前は幸せなやつだな。『ほかの人の成功を助けると自分も成功する』なんてことが本当だと信じているのか？　コツというものは、どんな商売をしたらいいのかとか、どこで何を仕入れたらいいかとか、そういったことを言うんだ。『ほかの人の成功を助ける』だけでは、何をしたらいいのかわからないじゃないか！」

レキも幸せなやつだと批判されて、スタムに反感を覚えた。思わず賢者の味方をしたくなる。

「たしかにそうかもしれないけど、昔、大商人だった賢者様が言うんだから間違いないだろう」

「ふん。レキは騙されやすいなあ。考えてみろ。『ほかの人の成功を助けると自分も成功する』なんてことはありえない。もし俺《おれ》が誰かの成功を助けたら、そいつが成功するだけだ。成功するのは俺じゃない。それでおしまい。なんの得にもならない。そんな暇があったら自分の成功のために努力したほうがいいのさ」

二人はすっかり険悪になり、その日はお互いに口をきかなかった。

翌朝、レキが目を覚ますと、スタムは起きていてベッドの上で腕を組んで考えている。目の下のくまから、ひと目で寝不足だとわかる。

「レキ、俺はほとんど寝ないで考えたんだ。羊皮紙に書かれていることはやっぱり間違いだ。ほかの人の成功を助けていたら自分が貧乏になっちまう。なんたって世の中のお金は限られているんだから。王様ならいくらでも金貨を作れるかもしれないが、俺たちは自分のために何かして稼ぐしかない」

その黒目はひと晩でますます小さくなったようだ。レキはそんなスタムの話を黙って聞いていた。

「商売とは客にたくさん金を払わせることだ。自分が儲けるってことはお客を儲けさせることじゃない。いや、むしろ儲けさせちゃいけないんだ。自分が成功するには自分以外の人間を失敗させることが必要なんだ」

その話にはレキも思わず反応して声を上げる。

「失敗させること？　それでは賢者様の教えとはまったく逆じゃないか」

「賢者様は頭がいいからよくわかっているんだ。自分以外の人間をできるだけ成功させないためにあんなことを教えたんだと思う。一人でも失敗させれば自分はそれだけ成功するからな。まあ、無理やりにでもいいように解釈するなら、賢者様はそれを教えてくれたってことだろう」

「それは違うと思うよ」

レキはスタムになんとか考え方を変えさせようとしたが、のどがぐっと詰まってそれ以上言葉が出てこなかった。

「誰も商売のコツなんて教えてくれないのさ。もし誰かに教えたら、そのぶんそいつの成功が減ってしまう。だからコツは盗むしかない。レキ、俺は今日から商人の下で働こうと思う。そいつの儲け方を見てこっそり盗もうと思うんだ。成功するにはそれしかない」

毅然《きぜん》としてはいるものの、スタムからはなんだか恐ろしい雰囲気が漂っていた。レキは肩をすくめるので精いっぱいだった。

「俺はあの大商人オーランドの下で働く。ここで一番成功しているやつだからな」

「ええ⁉　あんなやつの下で働くの？」

「どんな人間かなんて関係ない。俺は儲けるコツさえ知ることができればいいんだ」


二人は荷物をまとめて宿屋を後にした。

「ここでお別れだ。レキ、お互い頑張ろう」

「ああ、スタムも元気で」

スタムとレキは抱き合って背中をこぶしで叩《たた》きあった。それはごく親しい男同士の別れの挨拶《あいさつ》だった。スタムは荷物を肩に背負い直すと、一度も振り返らずに港の方向に去ってしまった。

二人が出会ってからちょうど二週間が経っていた。


（さて、これからどうしようか）

市場の中心にある広場の長細い腰かけ用の石に腰を下ろしたレキは、巻き毛の頭をくしゃくしゃとかいてあたりを見渡した。通りを行く人々は忙しそうだ。自分だけ世界からすっかり取り残された気がした。

スタムの言葉が頭の中で響く。

「自分が成功するには、自分以外の人間を失敗させることが必要なんだ」

「一人でも失敗させれば、自分はそれだけ成功するからな」

（スタムの言うとおりかもしれないな）

世界の富は限られている。みなでそれを奪い合っているイメージが浮かんでくる。すると、１ゴールドで大商人になるコツを教えてくれる人がいるなどとは信じられなくなる。

しかし、賢者の落ち着いて話していた様子やかもし出される雰囲気、それにあの大きな屋敷を思い出すと、やっぱり本当のことではないかとも思える。

レキの心はぐらぐらと揺れ動いていた。

レキは心を決めた。信じることにしたのだ。もし羊皮紙に書かれていることが嘘《うそ》だったとしても、今の自分が失うものは何もない。

（まずは港に行ってみよう）

けっしてスタムの後を追うのではないと自分に言い聞かせて、少しゆっくりした速度で歩き出す。市場の珍しい光景を眺めて進むうちに、だんだんと潮の香りが強くなる。そして目の前にレキが見たこともない光景が広がった。

「うわー。こりゃ、すごいや！」

港に大小さまざまなたくさんの船がひしめいている。ひっそりと次の出航を待つ船や、今朝、外国から帰ってきたばかりの船、これから荷物を積んで出ていこうとする船などが波止場にきゅうくつそうに並んでいる。桟橋では、大勢の人が船から積み荷の揚げ降ろしをしている。故郷の村の漁港には数隻の漁船がつながれているだけだったのに。

（困ったな。どうしたらいいだろう）

レキは無意識に、先に来ているはずのスタムの姿を探した。しかし、それらしき人影は見えない。荷物から羊皮紙を取り出して、書かれている文字を見る。今は読めないが、商人になるのだから文字も習わなければならないだろう。

「他の成功は己の成功……」

呪文《じゅもん》のようにつぶやく。何度も繰り返し声に出していると、本当にこれが大商人の成功の秘法だという気になってくるから不思議だ。

「そうだ。確かめるためにも、誰かの成功を手伝ってみよう」

レキは手伝う相手を探しはじめた。一番近くの大きな船に出入りしている人々の動きを目で追う。これから出航するらしく、馬車に積まれた木箱をひとつずつ抱えていき船に載せている。彼らはどうやら誰かに雇われているのではなく、独立した商人たちのようだ。レキは実験のつもりで一番近くにいる適当な商人の一人に近づく。

「僕も運びます」

レキは元気に自分の荷物を置いて、商人が運んでいる荷物を持ち上げようとした。

「こら、勝手に何してるんだ！」

レキは慌てて手を離した。その商人はレキよりも五歳くらい年上のように見える。比較的若い商人だ。

「あ、いや、ただお手伝いをさせていただこうと思って」

悪いことをしているはずではないのだが、なんだかうしろめたい気持ちになる。若い商人はレキを疑っている。上から下までじろじろ見て値踏みをしているようだ。

「お前、盗むつもりではないのか?」

「いえ、私は商人を目指す者。どなたかの成功をお手伝いしようと思っております」

「ふん。言っている意味がわからん。まあよい。お前が手伝いたいというのなら、そうしてくれ」

その商人は首をひねりながら、不思議なやつがいるもんだと独り言を言っている。そしてレキが何か悪いことをしないかどうかと横目で監視している。そんなふうに疑われながら働くのはまったく気分が悪かった。しかし、レキはこれも成功するためだと自分に言い聞かせ、せっせと運んだ。やってみると、船まで歩いて荷物を運ぶという作業は大変な重労働だった。

太陽が真上に昇った頃、やっと最後の荷物を載せ終わった。

「ご苦労。もういいぞ。今日はもう十分だ」

その商人はただそれだけ言うと、レキを置いて去ってしまった。レキは汗だくで、腕と腿《もも》の筋肉がパンパンに張っている。

「ひと言くらいお礼があってもいいじゃないか」

ずいぶん遠ざかった商人の後ろ姿に向けて悔しまぎれに、もちろん聞こえないように言ってみた。


急に人影が減りはじめる。港全体がお昼の休憩に入ったようだ。レキは日陰を見つけて腰を下ろすと、思った以上に体が疲れていることに気がついた。少し張り切りすぎたらしい。市場で買ってきたトリダンにかぶりつくと、肉汁が口いっぱいに広がる。

「ああ、まったく旨《うま》いなあ。幸せだ」

トリダンは「トリ」と呼ばれる小麦粉を練って広げた生地で「ダン」と呼ばれる動物の肉を巻いて鉄板の上で焼いた、ごく一般的な食べ物だ。何を包むかで「トリクルー」や「トリモッソ」などいくつか種類がある。レキはせっかくの機会なので全部の種類に挑戦しようと計画していた。

食事をしたら元気が戻ってきた。これならまた、誰かの成功を手伝えそうだ。

レキは荷物を枕にひと眠りした。ここではコキュルという昼寝の習慣がある。暑い真昼はみな休むのだ。コキュルの時間になると、騒がしかった街が嘘のように静まる。


太陽が少し傾いて日差しが弱まりコキュルが終わると、人々が働きはじめ、港にも活気が戻ってきた。レキは新たに手伝う商人を探した。

(あの若い商人を手伝うのはもうイヤだな)

ちょうど目の前に荷馬車に乗った中年の商人が到着した。

(よし、この人にしよう)

レキは近づき、声をかけた。

「私はレキと申します。商人になるために故郷から旅してまいりました。

もしご迷惑でなければ、成功をお手伝いしたいのですが」

今度は怪しまれないように先に自己紹介をした。午前中にいきなり荷物に触れて疑われたのを反省してのことだった。

「成功を手伝うだと？　ははは。面白い若者だな」

商人はアルヘンティアと名乗った。友人からはアルと呼ばれているという。去年亡くなったレキの父親と同じくらいの年齢のようだ。

「日が沈むまでにこの荷物をすべて船に載せなくてはならん。ちょうど一人では困っておったところだ。さあ、どんどん運んで載せてくれ。ただし、壊れやすいからそっと扱うんだ」

なるほど、木箱の隙間《すきま》から模様の描かれた壺が見える。どれも独特の美しい絵柄だった。

「きれいな壺ですね」

「ああ、この地方の特産品の壺だ。そのなかでも特に出来のいいものだけを買いつけている。くれぐれも注意してくれよ」

アルはずっと一人で、外国にこの国の工芸品を売る貿易の仕事をしているという。レキは憧《あこが》れの本物の商人と親しくなれてうれしかった。

レキの手によって最後のひとつを積み終わったとき、太陽は西の海から三つぶんの高さのところにあった。

「はあ、ようやく全部ですね」

「ご苦労さん。ほら今日の賃金だ」

アルは腰の巾着袋からお金を渡そうとしたが、レキは両手を前で振って後ずさった。

「いいえ、僕はあなたの成功を手伝っただけです」

「お前さんは働いたんだから、報酬をもらう権利がある。それにお前さんのおかげで日が沈む前に終わった。わし一人では終わらなかっただろう。これはわしの気持ちもあるから受け取っておけ」

「そうですか。ありがとうございます」

二枚のコインはアルの体温で温まっていた。

「もしできるなら、明日も来てくれ。ここのところ忙しくて人手が欲しかったところだ」

「はい」

レキは喜んで依頼を受けた。思わぬ報酬もうれしい。これで今晩も宿に泊まれる。しかし何よりも感謝されたことがうれしかった。

3

羊皮紙に隠された秘密

「……あっ、アル、見て！　新しい文字だ！」

テーブルの上の羊皮紙に、今まさに、光が渦を巻き、その姿を変えようとしていた。

レキ一人だったので宿では昨日よりももっと狭い部屋をあてがわれた。板の隙間《すきま》から隣の部屋の様子がのぞける。もともと大きな部屋を適当な板でいくつかに仕切っただけの、部屋とは呼べない空間だった。

「今日は初めて人の成功を手伝ったぞ。でも、どうやったらこれが自分の成功につながるんだろうか？」

役立ったという充実感はあったものの、成功に向かっているという実感はない。

今日は二人の商人の成功を手伝ったが、終わったときの自分の気持ちはそれぞれでまったく違っていた。

午前中に手伝った若い商人のほうは、手伝っただけ損した気分だ。報酬を要求するつもりはなかったので関係ないが、ありがとうのひと言もなかったのにはがっかりだ。

午後に手伝った商人のアルは報酬をくれただけでなく、とても喜んで感謝してくれた。なんだかとてもいい気持ちがした。

レキはまた荷物から羊皮紙を取り出して眺めた。この**大商人の秘法**には、何かもっと深い意味が込められている気がする。アルからもらったコインを手で転がしながら秘法をぶつぶつと唱える。

「他の成功は己の成功……他の成功は己の成功……うん？〝他〟ってどんな人のことなんだろう」

その答えは即座に心に浮かんだ。

「ほかの人の成功を手伝うとしても、相手を選ぶことが大切なんだ！」

誰でもいいわけではない。少なくとも、己の成功につながる人、そして手伝って気持ちのいい人を選ぶべきだと思った。

「うわあっ！」

レキは驚いて声を上げた。「他の成功は己の成功」と書かれた文字の下に虹色の光が浮かんでクルクルと踊りだし、やがてふわっと新しい言葉が浮かんできたのだ。レキは文字が読めないが、これが新しい情報であることは間違いない。

「これはいったい、なんて書いてあるんだろう⁉」

レキは文字を読んでもらうために、部屋を飛び出して宿屋の主人のところに走った。

それは「成功者にふさわしき者を選べ」と書いてあるという。あまりのレキの興奮のしように驚く主人に礼を言って、部屋に戻る。

「あはは！　そうか。これは答えを見つけると文字が出るんだ！　すごいぞ！　魔法の羊皮紙なんだ」

羊皮紙の空白を見ると、まだ数行は書かれていそうだ。裏返して透かしてみたが何も読み取れなかった。本当に魔法か何かがかけられて隠されているようだ。

「これはすごい！　やっぱりあの賢者様はただ者じゃないな」

大商人への道が一気に開けたようだ。明日はもっと成功を手伝おうと決めると、やる気がみなぎった。

今頃、スタムはどうしているのだろう。この羊皮紙の秘密にはまだ気づいていないに違いない。なんとかして教えてあげたいとレキは思った。

翌日、レキは意気揚々として港に向かった。もちろん、アルを手伝うつもりだった。自分のほうから彼を成功者に選んだのだと思うと、気分がいい。

石段に座るレキの前にアルの荷馬車がやってきた。

「おはようございます。今日も手伝いに来ました」

「レキではないか。おはよう。きっと来てくれるのではないかと思っておった」

二人はすぐに仕事にとりかかる。積み荷は昨日よりも多いようだ。

レキが最後の荷物を載せ終わったのは、太陽がほとんど海に接する頃だった。昨日と同じようにアルが賃金をくれる。

「レキよ。どうせ宿に帰るのだろう。うちに泊まりなさい」

「本当ですか。ありがとうございます」

おなかの虫がぐうっと鳴いた。泊まることよりもレキがひそかに期待していたのは夕飯だった。ここのところ、ろくな食事をとっていない。


夕暮れどき、荷馬車に乗って建物の間のくねくねとした細い道を進むと、あたりの家々から美味《おい》しそうな夕飯の匂《にお》いが漂ってくる。レキは「あれは肉を焼いている、あれは卵を炒めている」といちいち想像してしまう。

アルの家は砂色のレンガを積み上げたごく普通の家だった。ほかの家よりも敷地が少し広めなのは、商品を保管する倉庫があるからだ。


「紹介しよう。妻のドリと娘のソルフィだ」

アルの家族はレキの突然の訪問にもかかわらず歓迎してくれた。ドリを見て、レキは思わず故郷に残した母を思い出した。ソルフィはまるで風になびく小麦畑のような金色の髪をもつ、美しい娘だった。父のアルとまったく似ていないのは幸運だとレキは思った。

お楽しみの夕飯はクルーのシチューだった。クルーの肉は旨《うま》みがあるものの、ほかの肉に比べて少し堅いのが難点とされる。しかし、このシチューの肉は口に入れただけで溶けてしまうほどよく煮込まれていた。レキは久しぶりに口にする家庭料理に感動し、二杯もおかわりをした。あまりに「美味しい、美味しい」と連発するので、ドリとソルフィが「私の残りでよければ」と自分たちの皿から分けてくれたほどだ。それも遠慮なく平らげた。料理を作ったドリは「まあ、そんなに喜んでくれて私もうれしいわ」と、レキが食べる様子を微笑《ほほえ》んで見ていた。

食後にこの地方独特の発酵茶〝チコ〟を飲みながら、レキは自分がここに来た理由やアルを手伝ったわけなどを話した。もちろん賢者に会いに行き、羊皮紙を買ったことも話した。

「それで、わしを手伝ったのか。それにしても、賢者様から大商人の秘法を教わったとはな」

賢者は湾岸都市でも有名人らしい。

「それだけじゃないんです。昨日、新しく文字が出てきたんです」

レキはテーブルの上に羊皮紙を広げた。その場の注目が集まる。

「まあ、なんて素敵なお話なんでしょう。魔法の羊皮紙だなんて。宝の地図が出てくるかもしれないわ」と、ソルフィがうっとりして言った。

「これが昨日出てきた文字です。『**成功者にふさわしき者を選べ**』と書かれているそうですが、本当ですか？」

「ああ、たしかにそう書いてある。それにしても、なぜわしが成功者なのか？　もう何十年と商売をしておるが、〝大商人〟にはほど遠い、ただの商人だ。取引がうまくいかぬときも多い。自分では成功者などとは思えんのだが」

「あなたは僕のしたことに感謝してくれました。それにお金もくれました。僕はとてもうれしかったんです。今は成功者ではなくてもいいんです。アルは、僕がこれから応援して成功する人なんです」

家族の前でもち上げられてアルはうれしそうだった。

「そして、お前も成功するわけだな」

「この教えによれば、そういうことになります」

アルはあごに手を当ててどう解釈するべきかを考えているようだ。

「賢者様は湾岸都市の商人なら誰もが知る大商人。その賢者様の教えなのだから本当なのかもしれんが……しかし、正直に言ってわしにはなかなか信じられぬ」

「僕はそれを試しているところです。もし嘘《うそ》でも失うものは何もないし。本当だったらすごいことですから」

「この羊皮紙には、まだ新しい言葉が出てきそうな余白があるな」

「そうなんです。どんな言葉が出てくるんでしょうね？」

「わしにはわからん」

アルは肩をすくめてから、ろうそくの明かりで羊皮紙を透かして見た。

しかし、新しい文字の染みも影も発見できなかった。

「倉庫でよければ、寝る場所に使うといい。狭いところですまないが」

「ありがとうございます。助かります。湾岸都市まではずっと野宿をしてきましたから、どんなところでも大丈夫です」

「倉庫番にもなって、こちらも助かる」

鍵のかかった木製の重い扉を開けると、何列もの棚に壺がずらりと並んでいた。

「こんなにあるんですか！」

ろうそくの炎で照らすと、青色で描かれた精緻《せいち》な絵柄が浮き上がった。素人目に見ても素晴らしい作品だとわかる。

「わしはこの道二〇年、数え切れないほどの壺を見ている。誰にも負けない目利きだ。それに腕のいい職人を何人も知っておる」

アルは何か不都合があったら言ってくれと気を使ってくれた。レキにとっては屋根さえあれば十分だったので、気遣いに対してだけお礼を言った。

それから棚の間に寝床をこしらえ、横になるとすぐに眠りに落ちた。

翌日もまたその翌日も、レキはアルの成功を手伝った。そして一日が終わるとその日の賃金をもらった。船に荷物を積み込むだけではなく、アルと一緒に壺職人の村へ買いつけに出向くこともあった。一番近い職人の村でも片道二、三日はかかるので、そういうときには野宿になる。焚《た》き火にあたりながら、レキはアルからたくさんのことを教えてもらった。交渉の仕方、記帳の方法、お金の払い方、商人として基本的なことをひとつも漏らさず覚えようとした。レキは商人になるために一生懸命に学んだ。そのなかでいつも驚くのは、アルがなんでも気前よく教えてくれることだ。商人は誰でも自分の利権を守るために、おいそれとはやり方を教えないものだとされているからだ。ある夜、焚き火にあたりながらそのことを話すと、アルは笑いながら言った。

「いくら教えてもわしの知識は減るもんじゃない。それにこうして人に恩をかければ、いずれ協力者になってくれるものだ。もっている物にしがみつく者はずっと一人ぼっちで貧しい」

レキはそれを聞いて、自分は正しい人を選んだと思った。同時に「誰も商売のコツなんて教えてくれないのさ」というスタムの言葉がよみがえってくる。

(今でもスタムは、そう思っているのかな)

こんな商人もいるのだと教えてあげたかった。

買いつけと船への積み込みを四回繰り返した。この頃にはレキはアルへンティア一家にすっかりなじんでいた。アルの家での久しぶりの幸せな夕食の後、チコをすすりながらアルがたずねた。

「あれから羊皮紙には新しい言葉は出てこんのか?」

「それが出てこないんです」

レキはそう言って、羊皮紙が気になり取り出す。やはり昨日見たときと同じで、何も変化はなかった。

「これ以上はもう出ないのかもしれんな」

そう言われればそんな気もする。

「僕はこれで正しいのだろうかと考えるときがあるんです。考えてみると、今の僕は普通に働き、賃金をもらっているだけではないかな。これでは商人に雇われる多くの労働者と同じだと思います」

商人は雇われている労働者とは違う。何を誰から仕入れて売るか、自分で判断し、自分で決めるものだ。

「わしはレキが手助けしてくれて助かっておる。それに商人になるのなら誰か商人の下で学ぶのが一番じゃ。お前はびっくりするくらい覚えが早い」

「ありがとう。僕は今、商人になるためのたくさんのことを学ばせてもらっています。でも、僕が言っているのは賢者様のような大商人になるということなんです。今は商人の道にいるけれど、大商人への道とは何かが少し違う気がするんです」

「レキよ。そんなに焦ることはないと思うぞ」

「僕は焦っているんでしょうか」

たしかに、早く成功したいと、はやる気持ちはあった。このままではいけないのではないかという落ち着かない感じだ。レキは羊皮紙を眺めた。

「他の成功は己の成功……他の成功は己の成功……」

何度も繰り返し声に出しているうちに、ひとつの素朴な疑問が浮かんだ。

「ねえ、アルにとって成功っていったいどんなもの？」

アルは突然の思いもよらない質問に驚いたようだった。白くなりかけたあごひげをなでて考えていた。

「成功……考えたことがなかったな。家族に飯を食わせることで精いっぱいだったからな。ところでなぜ突然にそんなことを聞くのだ？」

「他の成功は己の成功というけれど、成功ってよくわからないものでしょう？　あまり深く考えたことがないけど、人によって違うものだと思う」

「ふむ。たしかに成功とはあいまいな言葉だな」

「誰かの成功を手伝うにしても、相手が望んでいる成功が何かわからなくては、手伝いようがないもの……あっ、アル、見て！　新しい文字だ！」

テーブルの上の羊皮紙に、今まさに、光が渦を巻き、その姿を変えようとしていた。

「おおっ、これは！　本当に文字が浮かんできおった」

「ねえアル、なんて書いてあるの？」

「待て待て。ええと、『その者の成功を知れ』と書いてあるな」

「今、ちょうど話していたことだ！」

「驚いた。不思議な羊皮紙じゃ。こんなの見たこともない」

「やっぱり、正解に気づいたときに新しい言葉が浮かび上がるんだ」

ドリとソルフィも寄ってきて、羊皮紙をのぞき込んでいた。ドリは気味悪がっていたが、ソルフィは好奇心に目を輝かせている。家は異様な興奮に包まれていた。

「ねえ、アル。家族を食べさせることのほかはどんなことがしたいの？」

アルはまたあごひげをなでて答えようかどうか少し迷っていた。咳払《せき》いをひとつして、やっと話しはじめた。

「これはわしのひそかな夢なんだが、この国の壺をもっと多くの国々に広めたいと思っておる」

アルは壺の魅力を語りだした。湾岸都市の壺は西の壺作りの技術と、東の絵柄をつける技術とが融合したものなのだという。そこに使われている技術がどれほど高いかなど、話を始めるとアルの目はイキイキと輝き、口からは言葉がどんどん出てくる。

「わしは、職人たちからよい作品を、もっと高い値段で買ってやりたい。今は、壺を運ぶのにもお金がかかるのでできないがな。レキも目にしたように、職人はたいがい貧しい。それでは若者が職人にはなりたがらない。だからもっと高い値段で買ってやったら職人たちも喜ぶだろう」

壺職人の村では後継者が育っていないらしい。せっかくの技術がいずれ廃れてしまうことをアルは心配していた。

「わしは壺を買いつけるのが好きなのだ。見るのも好きだし、触っているだけでも幸せなのだ」

アルは壺を管理する仕事や、港まで運んで売る交渉ごとはあまり好きではないと言った。レキはそのことを初めて知った。

「アルは湾岸都市の壺をたくさんの国に広めてもっと高く売りたいんだね。職人も儲《もう》かって多くの職人が育つように。そして自分は壺の買いつけだけをして、それでお金がたくさん儲かったらいい。それがアルの成功かな？」

「うむ。しかしそんな都合のいいようにはゆかぬだろう。そんな楽をしようなどと考えたら、いずれ商売がうまくゆかなくなる」

ここでは、一人の商人が買いつけから売ることまでの全部をやることがごく当たり前だった。アルは楽をして儲けることに罪悪感があるようだ。

またアルにとって、商売とは苦しいことも全部一人でするべきことで、そうしてこそ初めてお金をもらう権利があるものだと考えているらしい。

「アル、まだ一人前でない僕がこんなことを言うのも気が引けるけど、僕はそうは思わないよ。やるべきことをやらなければ、たしかに商売がうまくいかなくなると思う。でも、わざわざ苦しまなくてもいいんじゃないかな。自分が苦手なことを人に任せるのは、全体から見ればやるべきことをやっていると言えると思う」

アルはレキの言葉に混乱した。アルのなかで何か大きな変化が起こっているようだった。

「そう言われれば、そうだ。全部一人でやることもないか。今日は生徒に教えられたわい」

人は誰でもたくさんのおかしな思い込みに縛られているものだ。

「まずは壺を保管している倉庫を管理するのと市場で売る仕事を僕に任せてください。今はまだまだ未熟だけど、早く一人でもできるように頑張って学ぶから」

「ああ、よいとも」

「そして、アルの夢を全部実現させてあげるよ」

「おやおや、それはうれしいことじゃ」

アルは自分の壮大な夢が実現するなどと信じてはいなかったが、レキの気持ちは心底うれしかった。感動のあまり涙が出そうになったほどだ。そしてレキをすっかり息子のように思っている自分に気がつき驚いた。成功を応援する相手を選び、その相手の望む成功が何なのかがはっきりした今、レキは自分も成功に向かいつつあることを感じていた。

その日を境に、レキは自分の不思議な変化に気がついた。目が覚めたというか、目や耳がよくなったとでもいうか、全体的に意識が広がったようなのだ。

まるで情報のほうがレキに引き寄せられてやってくるようだった。

考えてみると、今までは自分が商人になるために、つまり自分のために学んでいた。しかし今では、どうしたらアルの成功を手伝うことができるかについても考えるようになった。つまり、人の成功を手伝うという思いが加わって、自分の成功と他人の成功の、二人ぶんの情報に気がつくようになったのだ。何を学ぶかがはっきりすると、そのぶんだけ必要な情報に気づくようになる。レキはほかの人の成功を応援するとき、学習が加速するという法則も身をもって学んだのだった。

レキはすぐに本格的に文字を学びはじめた。夕食の後、毎日少しずつアルに教えてもらった。文字は法則を知ってしまうと簡単だった。文字を覚えるごとに少しずつ町の看板が読めるようになってゆくのはとても楽しい。それと並行して、壺の数と値段に関する記帳の方法や荷物の作り方も教えてもらう。

レキにとって興味があったのは売るための交渉術だった。話の運び方ひとつで倍ほども売り値が変わるのだった。アルから基本的な交渉の方法を学んでから、レキはさらにその技術を上げるために、ほかの商人からも学ぶことにした。

暇があれば交渉中の商人に近づき、どうやって交渉しているかをそばで聞いた。交渉が成立したときに「アム」と言うタイミング、商品の説明の仕方など、商人は一人ひとり実にさまざまなテクニックを使っていることがわかった。

レキが最も感心したのは、相手の商人に儲けるためのアドバイスをする方法である。ただ売ろうとするのではなく、相手の商人がその商品を売るときの方法を教える。こんなお客さんに、こう話したら高く売れるとアドバイスをすると、売れないかもしれないという不安が解消して、みんな喜んで買うのだった。

まさに**「他の成功は己の成功」**の法則に従った方法だ。

レキはどうやら自分にものを売る才能があるらしいことに気がついた。漁師は無口な者が多い。レキは気がつくとおしゃべりしている自分に悩んだものだった。亡くなった父親からは、おしゃべりは男らしくないと言われたこともある。しかし商人としてはこれが役立つのだ。もともと備わっていた話をする才能はさらに努力によって磨かれ、半年もする頃にはレキはアルよりもずっとたくさんの壺を、より高い値段で売れるようになっていた。

アルと出会ってから半年後、レキは壺の管理と売る仕事を正式に任されることになった。

しかし、その学習する勢いはとどまることを知らず、レキは壺をもっと高く、もっと効率よく売る方法がないかと常に考えていた。

レキはひとつのアイデアを思いつく。それはみなが「できない」と思い込んでいることだった。その提案はアルをずいぶんと驚かせることになるのだった。

4

ソルフィ号の船出

完成した船は、そのまま海へと続く造船所で
静かにレキを待っていた。
それは見たこともないような美しい船だった。

その日アルは一週間の買いつけ旅行から帰り、久々にレキと顔を合わせていた。

「アル、もっと商売をうまくいかせるための提案があるんだけど」

「ほう、なんだ？」

アルはレキの提案を聞こうと身を乗り出す。

「オーランドのように大きな貿易船を買ったらどうかな」

「何を言うかと思えば。外国にまで行ける大きな船はとてつもなく高いぞ。それに〝星の海〟は危険がいっぱいだ」

湾岸都市の港には百隻以上も船が停泊している。大きな貿易船のほとんどは、大商人オーランドのものだった。

湾岸都市の船による主な貿易相手はアスン、ヘサイ、ヴァレントといった国々であった。湾岸都市とこれらの国々の間には〝星の海〟と呼ばれる神秘的な海が広がっている。この〝星の海〟では、ある季節の夜になると無数の光が海中を漂う。〝星の海〟という名前はその光がまるで夜空の星のように見えるところからつけられた。

この時代、海を渡って他国にまで行くのは危険が多いことだった。毎年何隻かの船が出航したまま消息を絶った。そのたびに海賊が出て船が略奪されたのだとか、海の魔物が船を飲み込んでしまったのだとか噂《うわさ》された。船乗りたちは海賊よりも海に棲《す》む未知の怪物を恐れた。船一隻をまるごと飲み込む巨大な口を見たとか、嵐《あらし》のなかで長い尾ひれが船を真っ二つに打ち砕いたとか、海に投げ出された仲間が目の前で食べられた、などという話は尽きなかった。

〝星の海〟の光は怪物に食べられた船乗りたちの魂だと言われている。夜になると船乗りたちはその不幸な魂の姿を実際に目にし、震えるのだった。

「それに船を買ったって、船長がおらん」

「船は僕が動かすよ」

「お前が？　何をバカなこと言っておる」

「ははは。アルは忘れたの。僕は漁師の息子だよ。船の操縦なら、なんてことないよ」

「……だが、大きな船がいったいいくらすると思っておるんだ」

「そう。そのことなんだ。湾岸都市の大きな船を造れる造船所を回って値段を調べてみたんだけど、目玉の飛び出るような金額だったんだ。でもね、結局のところオーランド以外の商人には売らないつもりだっていうことがわかったんだ」

「それはなぜだ？」

レキはアルが周辺の村を回って〝楽しい買いつけ〟を堪能していた間に、すっかり調べておいたのだった。商人仲間の情報でそれらの主要な造船所は全部オーランドのものであることがわかった。オーランドは造船所を買い占めてほかの商人には法外な値段をふっかけて諦《あきら》めさせ、自分以外は貿易船を買えない仕組みにしていたのだ。

「なんてことだ。三〇年もここに住んでいてまったく知らなかったぞ。そうか、そうすれば貿易船の運賃を高い値段にできるというわけか。我々はオーランドの船を使うしかないからな。汚いやり方だ」

「僕も最初は許せないと思ったんだけど、でも考えてみたら何か法律に違反しているということではないんだよ。オーランドってただの威張っているデブ野郎じゃない。すごく頭がいいんだって感心したよ」

アルは湾岸都市の裏の事情に驚きながら、レキの行動力と賢さにもすっかり感服していた。

「アル、僕は自分の村に行ってみようと思う。前にも言ったように僕の村は漁村だ。もしかしたら知り合いに貿易船を安く造ってもらえるかもしれない」

「安い船で外国にまで行くのは危険だぞ。あまり危険なことはするんじゃない」

レキのわくわくした気持ちが急にしぼんだ。このところのアルの心配ぶりには少しイライラする。なんだか信頼されていないような気がするのだ。

「大丈夫だよ。僕は漁師の息子。アルよりも船には詳しいんだ」

レキは思わず怒りっぽく言い返してしまい、後悔した。

レキは翌日には故郷の村へ旅立っていた。荷馬車に湾岸都市の珍しいお土産をたくさん積んである。西からは絹の織物や銅細工を、北からは高い技術の木製品を、東からは珍しい石細工を。それぞれ世話になった村の人たちに配ろうと考えていた。

一週間ほどして、懐かしい村が見えてきた。生まれ育った故郷は、時が止まったように何もかも同じだった。レキは荷馬車を引く馬に語りかけた。誰かと話していたい性分なのだ。

「もう村を出てから一年近くが経っているんだ。さあ、家に入れるお金も少しだけどもってきた。商人になった僕を見てもらおう。ああ、天国のお父さんは僕を自慢に思ってくれるかな」

(きっとお父さんは、僕が男のくせに弱っちいから恥ずかしく思っていたに違いない……)

そんなささやきがいつもレキの心に巣食っていた。亡くなったレキの父親は村で一番の尊敬を集めていた漁師で、毎年みんなを驚かすような大物をしとめていたし、年に三回ある村の合同漁ではリーダーとして信頼されていた。

レキは村の子供たちがみなそうするように、もの心ついたときから父親の船に乗って漁を手伝った。父親はレキを立派な漁師に育てようとした。レキもその期待に応《こた》えたくて頑張った。しかし、船は自在に操れるようにはなっていたものの、漁師に必要な体力がレキには足りなかった。

小さな頃からほかの子供と比べて背も小さいうえに体が細く、駆けっこをしてもビリだったたし、男の子同士がよくやる力比べでも一番弱かった。レキはそんな自分が許せなかった。でも商人なら体の強さは関係ない。もしかしたら父親みたいに、尊敬を集めるような商人になれるかもしれない。

レキが商人になるために村を出たのにはそんな理由があった。

すぐに村中に巻き毛のレキが帰ってきたことが伝わり、幼なじみやら親《しん》戚《せき》やらがたくさんやってきて、レキの帰郷を祝う宴会が開かれた。湾岸都市の珍しいお土産は大好評だ。みな見知らぬ町で立派な商人になったらしいレキをほめてくれた。レキはすっかりいい気分だった。

今回の帰郷の本当の目的も忘れてはいなかった。レキはちょうど祝いの席に来ていたクレール親子に聞いてみた。

「外国にまで行ける貿易船を造ってほしいんだけど」

「おやおや、商人を辞めて漁師でも始めるのかい？」

クレールの家とは祖父の代からの付き合いで、レキの家の漁船をいつも造ってもらっていた。クレール家の者は親子代々そっくりな、半分眠ったようなまぶたをしている。

「ははは。違うんだ。貿易船なんだよ」

「貿易船か。どれくらいの大きさだ？」

「星の海を渡ってアスンやヘサイに行けるくらいで、荷物を積んで嵐にあっても沈まない大きさ。漁船じゃないからやっぱり無理かな？」

「そんなこと造作もないことだ。漁船と違って金と日数はかかるがな」

ざっと計算した金額が示された。

「そんなに安くできるの!?」

思わず驚きの言葉が出てしまう。湾岸都市の造船所で言われた値段の三分の一だったのだ。人は値段が安すぎると不安になるもの。やはりレキも不安になって、大丈夫なのかと確認した。

「もっと高くしてやろうか？」

「いやいや、とんでもない」

クレール親子は笑った。しかし安いとはいえ、今のアルとレキの財産を全部合わせても払えない額だった。数年に分けて何回払いかにしてくれないかと頼んでみた。

「それは無理だ。材料だけでもかなりの木が必要だ。でも最初に半額をもらえれば、完成して引き渡すまでの間を月払いにしてもいいぞ」

完成までには数か月かかるというので、最初に必要な半額だけをすぐに工面すれば、あとは余裕がありそうだ。レキはなんとかお金を集めてくることを約束した。


レキは湾岸都市に戻ってすぐにアルに報告する。

「アル、半額だけでいいんだ。なんとか集められないかな」

「ふーむ。そんな大金どこにもないぞ。それにわしは商売で金を借りたことがないからな」

「え？　じゃあアルはどうやって最初に買いつけをしたの？」

レキは驚いた。元手がなければ商品を買うこともできないからだ。

「わしは、金がなかったから、最初は壺を買わずに職人から借りたのだ。もし売れたらお金を渡すから、と約束してな」

「それは頭がいいね。だから元手がなくても商売を始められたのか」

レキはその方法を船にも使えないかと考えてみた。

「ねえ、こういうのはどうだろう。何人かのお金持ちに共同で貿易船を購入してもらうんだ。その代わり、彼らには貿易で出た利益の一部を払うと約束する。お金を借りるのではなくて、船を買ってもらって、それを僕らが借りるんだ」

「ほう。それはよい考えかもしれんな。しかし、わしにはお金持ちを説得する自信がないぞ」

「僕がやってみる」

体力には自信はないが、話すことなら人よりも上手にできる。

「わかった。そっちはレキに任せよう。もしこれがうまくいったら、儲《もう》けは半分ずつにしよう」

「本当!?」

「ああ、お前とわしが二人でつくり出すものだ。儲けも半分にするのが道理だろう」

「ありがとう。僕、頑張るよ！」

やっぱりアルを成功者にふさわしい者として選んで正解だったと、レキは思った。

やる気に満ちたレキは町の裕福な家を訪ね歩いた。最初は三軒連続で断られたが、ここで諦めてはいけないことを知っていた。レキは方法を工夫しながら挑戦し続けた。ただ単に「投資してくれ」と頼むのではなく、この話がどれだけ相手の成功につながるかということを説明した。このやり方にたどり着いてからは一人、二人と「協力してもいい」という人が現れだした。

考えてみるとこれも**「他の成功は己の成功」**の法則だということにレキは気がついた。

こうしてレキはたった二週間で必要な金額を集めることができた。

レキはすぐに故郷の村に戻り、クレール親子に集めたお金を渡して船を注文した。親子はレキが短期間に大金をもってきたので、とても驚いた様子だった。

「よし、頑丈で美しい船を造ってやる。楽しみにしていてくれ！」

レキの熱意に動かされた親子はほかからの船の注文を後回しにして取りかかると言ってくれた。レキは毎月お金をもってくることを約束し、村を後にした。


それからの数か月間、レキは人生で最も忙しい日々を体験した。いつもの仕事の合間をぬって資金集めに奔走《ほんそう》しながら毎月ギリギリで必要な金額を集め、故郷の村まで片道一週間をかけてそれを届けるのだ。特に湾岸都市にいるときにはほとんど寝る時間がとれないほどだったが、レキにとっては不思議と苦にならなかった。体のなかで得体の知れない熱いものが燃え盛り、レキを突き動かしていたのだ。

村まで片道一週間の道のりは遠かったが、クレール親子の造船所で自分の船がどんどん形になり、完成に向かう様子を見るのはレキにとって大きな楽しみだった。

レキは湾岸都市のお金持ちというお金持ちを訪ね歩いて説得し、なんとか資金をかき集めた。そしてついに、最後の支払い分を無事届けることができた。

完成した船は、そのまま海へと続く造船所で静かにレキを待っていた。

それは見たこともないような美しい船だった。

「わあ、すごい。それに、ああ、なんてきれいなんだ」

レキは思わずため息を漏らす。高く反りかえった船首はぶどうのつるのようにくるりと丸くなっており、そこにはまさにつるどうしが絡み合ったような不思議な模様が彫られている。船体側面の何枚もの板が、規則正しく船首に向かってひとつに合流しているさまは見事だった。レキはこの一見冴《さ》えないクレール親子のどこにこんなセンスがあるのだろうかと、不思議に思った。

進水式には村人のほとんどが集まった。新しい船の門出を祝うのは村の伝統行事のようなものだ。

優雅な船体は生まれて初めて海水に浸された。波にゆらゆらと揺れるさまは、まるで美しい精霊のようだった。こうしてみると湾岸都市の港に停泊しているオーランドの貿易船よりもひとまわり小さい。しかし、よほど遠い国に行くのでなければこの大きさでも十分だ。

「今までの最高傑作だな」

長い間この船に全身全霊を傾けていたクレール親子は、眠そうな目をさらに細めて感慨深げに言った。

湾岸都市までの処女航海は、クレール親子とレキの幼なじみたち一〇人あまりが手伝ってくれることになった。みな小さいときから漁師として船に乗っているので、船の扱いは実に手慣れたものだ。しばらく船から離れていたレキは最初なかなか勘が取り戻せず、みんなにからかわれた。

貿易船は快調に星の海を海岸沿いに進み、数日で湾岸都市の港に到着した。たくさんの人が作業する手を止めてこちらを指さし、見たことのない美しい船に驚いている姿が船から見えた。

レキは誇らしい、なんとも爽快《そうかい》な気分だった。

5

バティス

「レキ、わしとバティスにならんか」

バティスとは商人が兄弟のように共に協力しあうパートナーのことをいう。

集まった群衆のなかに興奮した表情のアルがいた。

「レキ。無事でよかった。しかしこれはたまげた。こんな美しい船は見たことがないな。この船の名前は決まっているのか？」

「それが、まだ迷っているんだ」

本当はすでに決めていたが言わずにおいた。というのも実は「ソルフィ」にしようと思っていたのだ。船に未婚の女性の名前をつけるということはその女性にプロポーズすることを意味する。レキはできれば初めての貿易が成功し、商人としての一応の成功を収めてから格好よく結婚を申し込みたかった。

クレール親子は船に手を加えるために当分の間滞在する予定だ。また、処女航海に付き合ってくれた幼なじみたちも、しばらく湾岸都市を見物してから帰るという。レキは都市のあちこちを案内してまわった。

港はこの美しい貿易船の噂《うわさ》でもちきりだった。高価な貿易船が湾岸都市にお目見えしたのは久しぶりのことであり、それに加えて貿易船らしからぬ美しさがその噂を広めるのを手伝った。

初航海に向けてアルは張り切って壺を買い集めた。レキは外国までの航海に必要な備品を買いそろえたり、水夫を雇ったりと湾岸都市を駆けずりまわった。

そして、いよいよ出航の日。美しい船の初貿易への出発を見ようと、多くの者が見物にやってきた。アルはもちろん、ソルフィとドリも見送りに来てくれた。いずれソルフィと名づけられる船は、真新しい真っ白な帆を揚げて星の海へと乗り出した。そして何事もないまま、一〇日目にアスン国の港に到着した。

ここでも美しい貿易船はたちまち噂になった。この噂は思わぬ効果をもたらした。多くの商人が美しい商船を見にやってきた。レキは壺をあえて市場にはもっていかずに船の前に並べた。船を見にきた人たちに商品の壺も見てもらうためだった。この作戦は大成功だった。たくさんの商人に見てもらえただけではなく、いつもよりずっと高く値がついた。アスンの貴族に売れると見込んだ商人たちが、普段の二倍の価格で買っていったのだ。

こうしてあっという間にもってきた壺は売り切れた。レキは今回買いそびれたアスンの商人たちから、次の注文を取り付けることも忘れなかった。売る相手が決まっている商売ほど安全で確実なものはない。

レキはわくわくと誇らしい気持ちで湾岸都市へ帰港する。港ではまっ先にアルが出迎えた。

「お帰り。ああ、無事でよかった」

そういう顔は心労でげっそりしていた。

「心配していたんだ。海の魔物にやられちまったんじゃないかって」

「大丈夫。何もなかったよ。ほら、これが儲《もう》けだよ」

アルからの重たい心配の代わりに、レキは金貨がたっぷり入った袋をアルに手渡す。アルはそのずっしりとした重みに目をむいた。

「おい、いったい、いくら入っているんだ！　こりゃ大儲けじゃないか」

「そうだよ。大成功だったんだ。でもそれだけじゃないんだよ」

そういって、船の積み荷にかかっていた覆いを取った。そこには、発酵茶や砂糖が山のように積まれている。

「値段を見たらびっくりしたんだ。ここの市場の売り値の半額だったんだよ」

「これを売ったら儲けは倍になるぞ！　たった一回で一年分の儲けじゃないか！」


その日はたっぷりのご馳走《ちそう》と酒を買い込んで、盛大な祝いの宴が開かれた。ドリとソルフィはもちろん、水夫たちも参加した。レキは彼らとすっかり気心が知れる仲になっていたのだ。それに、何人かの壺職人もやってきていた。あまり広いとはいえないアルの家はぎゅうぎゅうになった。

「星の海と初めての貿易の成功に乾杯！」

アルが声をかけて乾杯をする。最初のひと口を星の海に対する感謝のしるしとして床に垂らし、残りは一気に飲み干した。部屋いっぱいに拍手と歓声が上がった。


大騒ぎが続くなか、アルがレキを手招きして言った。

「レキ、わしとバティスにならんか。もちろんお前さえよければの話だ」

バティスとは、商人が兄弟のように共に協力しあうパートナーのことをいう。

バティスはいわば義兄弟のようなもので、軽々しく決めるものではない。そしてバティスと仲間割れをすることは商人として最も恥ずかしいことだ。だからほとんどの商人は、使用人を雇ってもほかの商人とバティスの約束をすることはめったにない。運命を共にする覚悟がなければバティスの契りを結んではいけないのだ。

バティスの誘いはレキにとって本当にうれしい提案だった。

「喜んで!! アルとバティスになれるなんてうれしいよ」

みんなの注目が集まるなか、三つの杯が用意された。ひとつを酒で満たし、それから二つの杯に分ける。これは儲けだけでなく喜びも苦しみも分かち合っていくということの象徴だった。

「我がバティスに！」

居合わせた全員が立ち上がって祝福した。こんなめでたい席はめったにない。

レキとアルの二人に祝福の言葉が贈られた。

しかし今日はそれだけではない。最大のイベントが控えている。レキはずっとそのことばかりが頭に浮かんでいて気もそぞろだった。心配したアルが声をかけた。

「レキ、どうした？ 何か落ち着かないみたいだな」

「アル。あ、あの、船の名前なんだけど……」

恐る恐る、船の名前をソルフィと名づけようと思っていることを打ち明けると、アルがレキの肩をがっしりつかんだ。

「お前なら安心して嫁にやれる。ソルフィ、聞いたかい。レキがあの船にお前の名前をつけたいと言っておるぞ」

「まあ。レキ」

ソルフィが寄ってきてレキに抱きつく。

「なんて幸せなの。ああ、夢みたい。素敵だわ」

女性にとって、船に自分の名前をつけてプロポーズされるというのは憧《あこが》れなのだ。

「我がバティスにして、息子のレキよ。わしは人生でこんなに幸せだったことはない。ううぅ」

アルはあまりに一気にやってきた喜びに泣き出してしまった。ドリも娘の結婚に涙を流している。レキは実際のところ求婚が断られなかったことにほっとしていた。

一週間後、花嫁の名前をつけられた船の甲板で盛大な結婚式が行われた。船は美しい金色の髪の花嫁と、若くして成功を収めた巻き毛の花婿を優しく揺らして祝福した。

ソルフィ号はアスンと湾岸都市の間を何度か行き来した。貿易で成功したレキは、そのお金で故郷の村に住む母親に家をプレゼントした。大金が手に入ったら最初にしたいことだった。ソルフィと住む自分の家も、アルの敷地を借りて建てることができた。ソルフィの希望で白い壁のかわいらしい家になった。

田舎からやってきた巻き毛の若者は、大胆な発想と行動力であっという間に商人として成功を収めた。しかし、それはこれからの大きな成功に比べたらまだまだ小さなものだった。

6

レキネス

大商人計画の仲間はリーダーのレキの名前から
「レキネス」と呼ばれた。
「ネス」とは湾岸都市の言葉で「仲間」という意味である。

アスン国の港で、レキの操るソルフィ号は美しい壺を売る船として評判になっていた。歴史が古く芸術を愛するアスン国でも、ソルフィ号のように美しい船は少なかったし、船に壺を陳列して売るという方法もほかになかった。もの珍しさも手伝い、アスンの商人がわざわざ貴族を連れて買いにくるほどだった。壺はいくら運んでも足りなかった。

半年のうちに一〇回ほど航海に出たが、恐れていた海の魔物にも海賊にも出あうことはなかった。アルとレキの財産は驚くほど増えた。この成功によって投資家も潤し、壺を作る職人も潤した。特に職人たちは自分たちの壺が高く売れるようになったことをとても喜んだ。最近では壺職人を志す若者も増えたという。アルとレキは多くの人に感謝されていた。

しかし、もっと商売を大きくしたいと考えるレキが、アルに提案した。

「これからの僕らの商売について考えたんだ。アル、聞いてくれる？」

「お前は賢い。わしよりもずっと商売のコツを知っておる。どうするつもりだ？」

「もっと商売を大きくしたいんだ。もっと船を買って、ほかの商人の荷物を運ぶつもりさ。オーランドの船賃は高すぎるからね。僕らが安い運賃で運んだら、みんなもっと助かるだろう」

レキの計算では、オーランドの船賃の半分でも十分な儲《もう》けが得られるのだった。

「船長はどうする？　お前が一人で操るのはさすがに無理だぞ」

「船長を雇って任せるよ」

「ということは、お前は大船長になるんだな」

大船長という言葉がなんだか面白くて、二人は笑った。

ソルフィ号で得られた金を元手にして、もう一隻船を購入した。しかし、全額を自分たちで払うことはせずに、半分はソルフィ号に投資してくれた資産家に出してもらった。もちろん、彼らはアルとレキのバティスに喜んで投資した。

この行為を「わざわざ儲けを減らすようなものだ」と悪く言う商人もいた。しかし、レキにはちゃんとした計算があった。もし自分たちの資金だけで三隻目、四隻目を買うとなると、しばらくお金が貯まるまで待たなければならない。しかし投資家の力を借りればもっと早く買えるだろう。

レキは**「他の成功が己の成功」**の法則をすっかり活用するようになっていた。投資家を成功させれば、やがて自分の成功にもつながることをわかっていたのだ。

クレール親子によって造られた新しい船はドリ号と名づけられた。もちろんアルの妻の名前だ。ドリは感激し、アルは二〇年分の苦労を返せたと喜んだ。ドリ号の船長として雇われたのは航海歴一〇年のベテラン船乗りだった。酒ぐせが悪いものの、船を操る腕は確かだという評判だ。

運賃はオーランドのところより半分近くも安く設定した。そのおかげでまだ信頼がないにもかかわらず、荷物を載せてくれという客はあとをたたなかった。

　ドリ号は荷物をアスン国へ運びはじめた。最初のうちこそ自分たちで商品を買いつけて売るソルフィ号ほどではないにせよ、十分な利益を出していたので、これも成功したかに思われた。しかし、たった三か月間でうまくいかなくなってしまった。

　酒飲み船長は操船の腕はよいのだが、人間関係のほうは最悪だった。船乗りたちとの間で何かともめごとを起こすのだった。船長は次々と水夫をクビにしてしまう。クビにされずに残った水夫もしばらくすると嫌になって辞めていく。ドリ号は常に人が入れ替わっていた。そして辞めさせられた水夫が悪口を言いふらし、ドリ号の悪評が立ちはじめた。湾岸都市の船乗りたちは誰もドリ号に乗りたがらなくなり、船はいつも人手が足りない状態になってしまった。人手が足りないために出航を延期せざるをえない事態にもたびたび陥った。

　やがて、ドリ号にとっての客である商人からも、出航の延期で予定が狂ったという苦情が聞かれるようになった。ついにレキはこの船長をクビにせざるをえなくなった。

後任の船長がなかなか見つからず、ドリ号は湾岸都市の港に停泊したままだ。ドリ号が港に眠ったままなのだから投資家にも配当ができない。レキは投資家に謝ってまわった。ソルフィ号が利益を出していたのでなんとか怒らせないですんだが、信頼を失ったことは確かだった。次の投資をもちかけても難しいだろう。


その日、投資家へのおわびのあいさつ回りから愛妻ソルフィの待つ家に帰ったレキは、椅子にぐったりと座り込んだ。

「ドリ号の次の船長はいっこうに見つからないし、せっかくの投資家の信頼も失ってしまったよ。事業の拡大は難しいなあ」

ソルフィが心を込めて作った料理を味わう余裕もほとんどない。何か成功の歯車が狂ってしまった感じだ。レキは久しぶりに羊皮紙を取り出した。

「他の成功は己の成功」
「成功者にふさわしき者を選べ」「その者の成功を知れ」

レキは前から、これらの三行の下にもう一行が出てきてもおかしくないだけの余白があると思っていた。穴が開くほど見つめていたが、この煮詰まった状況を打開できるようなよいアイデアはひらめかなかった。

「おかしいな。羊皮紙の教えを忠実に守ってきたつもりだけどな」

何が足りないのだろう。いや、何を加えればこの法則は完全になるのだろう。眉間にしわを寄せて腕組みをしてレキは考えていた。

「あのお酒臭い船長は私も嫌いだったわ」

「しかたがないだろう。ほかにいなかったんだから！」

まるで自分の人選を非難されたように感じて、レキはソルフィに当たった。しかし、たしかにあの船長を選んだことは自分でも失敗だとわかっているのだった。

「あなたのような人を選んでみたら？」

「そんな船長はこの湾岸都市にはいないよ」

「今のあなたみたいな人はいないかもしれないけど、商人に憧《あこが》れている昔のあなたみたいな若者ならいると思うわ」

レキはそのひと言で自分が犯していた簡単な過ちに気がついた。

「なるほど。船長もそうやって選べばよかったんだ。**『成功者にふさわしき者を選べ』**という法則をすっかり忘れていた」

あの船長を選んだとき、気にかけた基準は船を操る腕だけだった。あの酔っ払い船長が成功を目指していただろうか。プライドばかりで、その先を目指していたようには思えない。それに彼にとっての成功とは何かを聞いてみたこともなかった。これは自分の失敗だった。

「これからは、成功にふさわしい者を選ぼう。そしてその人の成功は何かをたずねるんだ」

そして、成功を応援すればいい。これこそが羊皮紙に書かれているやり方じゃないか。

「あなたに選ばれた人は幸運ね。船を買うためにお金を集める知恵とか、商品を売る方法も教えてもらえるんだものね」

レキの胸に何か嫌なもやもやとしたものが広がる。

「いや、全部は教えないほうがいいかもしれないぞ。もし船長に船をもたせたら、我々の取りぶんが少なくなってしまう。競争相手を増やすことになるんだから」

「あら、その言いようは巻き毛のレキらしくないわ」

「ソルフィ、前とは状況が違うんだ。たくさんの商人が僕のように成功したいと、僕の真似をして追いかけてきている。船で壺を売るやり方だって、今ではアスンやヴァレントやあのけちんぼのヘサイの商人どもにまですっかり真似されて、前ほど儲からなくなっているんだ」

「でもそれって、羊皮紙の教えに従っていないからじゃないの？」

ソルフィの言葉がグサリと刺さった。心のどこかでは自分がほかの人の成功を応援しようとしていないことに気がついていた。しかし、たしかに誰かを応援すると自分の敵になってしまうのだ。それは自分の首を絞めることになるのではないだろうか。レキはだんだん混乱してきた。

「もし、最後まで羊皮紙の教えに従って考えたらどうなるの？」

「そうだなあ。船長になるための船の操縦の仕方を教えて、商品を売る方法も教える。すると今の僕たちと同じくらい成功する船長が出てくるだろう」

「……それから？」

「さらに二隻目の船長を選んで、彼らが自分の船を買うために投資家から出資してもらう知恵を教える」

ソルフィがふと思った疑問を口にした。

「ねえ、あなたは投資家になってはいけないの？」

そのひと言がレキの思考の枠を破壊した。

「そうか、自分も投資家になればいいんだ！　投資家になれることを忘れていたよ。すっかり自分は商人だという考えに縛られていた。あははは」

人は自分が何者であるかという思い込みに縛られているものだ。自分が商人だと思うと、商人の発想しか出てこない。

「投資する商人になればいいのか。それこそが大商人じゃないか！　ありがとう、ソルフィ！」

レキは妻を抱き寄せてキスをする。壁を突破すると急に意欲が湧《わ》いてきた。

レキは商人として儲けるだけではなく、投資家になってどんどん投資してみたくなった。レキは興奮して立ち上がった。

「そうか！　成功を目指す商人をどんどん育てればいいんだ。そして、僕は投資して彼らの成功を応援する。彼らの商売がうまくいったら、彼らにも次の商人に投資できるチャンスをあげよう。誰でも投資した相手のことは応援したくなるはずだから、みんながほかの人の成功を手伝うようになるぞ。ほかの人を応援すると自分も成功する仕組みをつくって、この羊皮紙の教えをもっと広げるんだ！」

そのとき、ソルフィがレキの服を引っ張って叫んだ。

「あ、あなた！　見てっ！」

ソルフィが羊皮紙を指さす。羊皮紙の上で光が虹色に輝き、渦を巻いて文字の形に整列する。今まさに最後の文字が浮き出てきたところだった。

そこには「仕組みで分かち合う」という言葉が書かれていた。

「みんなにもほかの人の成功を手伝うことを教えればいいのか。それにはこの教えで成功する仕組みをつくればいいんだ。すごい！　みんなが大商人になるぞ！　大商人計画の始まりだ！」

今のレキには賢者が大商人として成功した理由がよくわかった。ほとんどの商人にとって、羊皮紙の教えはまったく常識外れな考え方だった。自分の儲けだけを考え、奪い合い、騙《だま》しあうことを当たり前とする商人のなかで、この海のように豊かなつながりを理解して、さらに実践できる者はそう多くないだろう。

その日の夜はすっかり興奮して、レキは一睡もすることができなかった。

レキはひそかに大商人計画に取りかかった。アルは計画に感心はしたものの、壺の買いつけで十分満足していたので、レキにすべてを任せると言った。

最初に**「成功者にふさわしき者を選べ」**という教えに従い、人探しから始めた。目をつけたのはマシューという、ソルフィ号の水夫として働く若者で、年齢はレキよりもひとつ下だった。ツンと上を向いた小さめの鼻とそばかすがあどけなさを感じさせる。ゼロから商人として身を立てたレキに憧れ、航海の最中もなんとかレキから学ぼうと、そばにいるようにしていた。

レキはこの若者を最初の仲間に選んだ。

次の航海に向けてソルフィ号の準備をしているマシューを、港の酒場に呼び出した。マシューは何を言われるのかとドキドキしている。

「マシュー、お前を船長にしてあげようと思うんだ。それだけじゃない。

これはみんなが大商人になる計画の始まりだ。名づけて〝大商人計画〟」

「うわっ。すごそうですね。光栄です！　レキ船長」

わけもわからず興奮するマシューをなだめて、壮大な計画を話した。投資する商人を育てて、彼らも投資できるチャンスを与える。そして投資した商人の成功を応援するという仕組みを説明するのだが、一度話しただけではどうもピンと来ないようだった。

「たとえば、僕はマシューが商人として成功するように君の船に投資する。そして今までのように、商売がうまくいく方法を教える。マシューは船で得た利益を投資家の僕に支払うんだ。

それがうまくいったら、一緒に新しい商人を見つけて育てよう。今度はマシューもその新しい商人に投資する。新しい商人に、僕が学んだこととマシューが学んだことを教えて成功を手伝うんだ。そうすればマシューは自分の商売だけではなく、投資の儲けも受け取る大商人になる」

「ええ!?　商人になれるだけじゃなくて投資もできるんですか？」

「そうだよ」

「新しい商人もその次の商人を育てて投資できるんですか？」

「ああ、僕もマシューも投資する。仲間が増えていけば、どんどん船を買うのが楽になっていくだろう。それに自分の利益にもなるから、みんながそれぞれの知恵で商売を教えて助け合うことになる。そうすればみんなが成功しやすい環境ができるんだ」

「みんなが助け合って、成功するんですね！」

「そうだよ。独り占めするのではなく、応援し合って成功を分かち合うんだ」

「なんて素晴らしい。ずっとそんな世界になったらいいなあと夢見ていたんです」

マシューは両手を握りしめて目を輝かせている。この計画に流れる助け合いの精神に心打たれているのだった。レキはマシューがこれほど感動してくれたのがうれしかった。

「感動するのはまだ早いよ。実現させるのはこれからだからね。大変なこともいだろうけどやってみよう」

マシューには数か月間、船長になるための徹底的な訓練を積ませた後、船長として独立させた。

本来ならマシューのための新しい船を買うところだが、船長不在のドリ号が余っている状態だったのでこれをマシューの船とした。マシューは商人として独立できたうえに、自分の船をもてたことに大喜びだった。

やっと眠っていたドリ号の運航が再開された。商人から荷物の輸送を請け負ってヘサイ国に運ぶ。そして儲けのなかからドリ号に出資した投資家に配当を支払った。そのなかにはレキとアルのバティスも、もちろん含まれていた。マシューは特にトラブルを起こすこともなく堅実に働いた。

（マシューが雇われ船長ではなく船をもつ商人になった）

この噂《うわさ》は湾岸都市の船乗りの間に広まった。普通の商人が貿易船をもつことさえ信じられないことなのに、それがついこの前まで一緒になって甲板をモップで掃除していた、そばかすマシューなのだ。「マシューにできたのなら俺《おれ》だって」と意気込んだ若者が続々とレキのところへやってきた。

レキとマシューはそのなかから優秀そうな若者をそれぞれ一五人ずつ雇い、航海に連れていった。航海中に長く接していれば、その者の能力や船長としての適性を見極めることはそう難しいことではない。働きを見てさらにそのなかから優秀な者を二、三人抜き出し、船長候補として教育した。

一人前の船長になるには最低でも半年の訓練期間を必要とする。半年の修業期間を無事に合格し、船長としても商人としても十分な能力を身につけた若者が一人だけ残った。ロダンという名前の背の高い金髪の青年だ。処女航海の日、ロダンはトレードマークだった金髪を剃《そ》りあげ丸坊主になって姿を現した。レキとマシューの期待に応《こた》えるという彼なりの決意表明らしい。レキとマシューは投資家となってロダンに新しい船をもたせ、独立させた。大商人計画の仲間はレキ、マシュー、ロダンの三人になったのだ。

ロダンの独立後も、レキとマシューは彼の商売がうまくいくように、いつでも相談に乗りアドバイスをした。二人の応援のおかげでロダンの商売も早く軌道に乗り、安定して利益を生み出すようになった。そしてロダンがうまくいけばいくほど、レキとマシューには投資家としての儲けが入るのだった。

レキたちの船に乗ると船長になれるという噂が広まり、たくさんの若者がチャンスを求めて押し寄せた。そうして集まった人材は普通の水夫よりもずっとよく働き、能力も高かった。すぐにレキ、マシュー、ロダンの三隻の貿易船で次の船長の選別と育成が開始され、難関をくぐり抜けた二人が合格になった。レキ、マシュー、ロダンが投資をしてその二人に新しい船をもたせた。そして惜しみなく商売のコツを教えた。

次々と船長を育て、みんなで投資して船を買い、投資されたものが次の商人に投資するという気持ちのよい車輪が、ゆっくりとだが回りはじめた。

もちろん、すべてが順調だったわけではない。選んだ船長が不適格で、船員とうまくいかなかったり、どうしても交渉が下手だったりという問題や、操縦を誤って船同士がぶつかる事故もあった。そうした小さな問題はたくさん起きたが、仲間の協力でなんとか解決することができた。

レキとマシューから始まったこの計画は、最初はゆっくりと、そして人数が増えだすとみるみる加速し、マシューの独立から四年が経つころには一〇隻の船と一〇人の独立した商人のグループになっていた。外国にまで行ける貿易船を一〇隻ももつというのは、そう簡単にできることではない。湾岸都市全体でも貿易船は三〇隻ほどしかなかったのだから、とても目立った。

大商人計画の仲間はリーダーのレキの名前から「レキネス」と呼ばれた。「ネス」とは湾岸都市の言葉で「仲間」という意味である。レキネスは一対一のバティスではなく多くの仲間が応援しあう不思議な集まりとして、湾岸都市の注目を浴び、成功を目指す若者の憧れの的となっていた。

そんなとき、ある知らせが飛び込んできた。ヘサイ国に向かったマシューのドリ号が、帰港の予定日を過ぎても戻ってこないという。

「嵐《あらし》にあって助けを待っているかもしれない。みんなでマシューを捜し出すんだ！」

レキのかけ声でレキネスの全員がすべての仕事を中断し、それぞれの船を駆って星の海へと捜索に乗り出した。

必死の捜索が続けられた。

数日後、ヘサイ国の南で潮に流されて漂っているドリ号とみられる残骸《ざんがい》が発見された。

7

魔物との対決

霧のなか、黒い影は大きな怪物のように見える。
どうやらゆっくりとだが、こちらへ近づいているようだ。
しだいに影が大きくなってくる。

その後も数週間、ドリ号と遭難者の捜索は続けられたが、見つかるのはその残骸《ざんがい》ばかりだった。

マシュー以下ドリ号の乗組員の生存は絶望的であり、これ以上の捜索は無駄だとして打ち切られた。その決定はレキにとってまさに苦渋の決断だった。レキにとってマシューはゼロから共に歩んできたパートナーだったし、まるで弟のようにかわいがっていたからだ。

生存者も目撃者もいないので、結局ドリ号がなぜ海に沈んだのかはわからなかった。少なくとも嵐《あらし》があったという情報はひとつもなかった。大きな貿易船がちょっとやそっとのことで沈むなどとは考えられない。

マシューの死に心を痛めていたのも束の間、またしても悲報が届けられた。次の月には最近レキネスに迎えられた、新しい仲間の船が消息を絶ったのだ。これもヘサイ国との貿易船だった。

ヘサイは各地から商人が多く集まる、大きな港のある国だった。湾岸都市から船で運び出される積み荷のうち約四割がヘサイへの荷物である。

商売としては苦しいがレキは仲間の安全を考え、ヘサイへの貿易を中止させた。

湾岸都市ではさまざまな噂《うわさ》がささやかれるようになった。

(ほとんど残骸が見つからないのは、船が巨大な怪物に飲み込まれたからだ)

(海の魔物が怒り、船を襲っているのだ)

(いや、海賊かもしれないぞ。ヘサイのあたりは昔から海賊が多かった)

(海賊なんて、もういるもんか、前に沿海諸国の海軍による大規模な海賊狩りが行われたんだ)

(しかし、星の海に魂が捕らわれたのは間違いないな。星の海はもっと魂を欲しているに違いない)

このところ船乗りたちが集まればこの話題ばかりだった。そして、噂はレキが恐れていた方向にふくらみはじめた。

（レキネスは呪《のろ》われている）

（海のことを知らない若造を船長に仕立て上げたりしたから、星の海の怒りを買ったんだ）

（次もきっと狙《ねら》われるぞ）

このひどい噂によってレキネスは大損害を受けることになった。まず、雇っていた水夫たちが恐れをなして次々と去っていった。新しい水夫を雇おうとしてもまったく集まらない。「レキネスは呪われている」という噂は湾岸都市の船乗りたちをすっかり震え上がらせていたのだった。

さらに、呪いが自分たちにまで及ぶことを恐れた商人たちまでもが、次々とレキネスとの取引をやめていった。

お金の流れが滞り、血流が停止した組織の動きは止まった。レキたちがせっかく築いてきた商売の仕組みも崩壊寸前だった。

このころ、レキネスの仲間内では、海の魔物や海賊を恐れながらもオーランドを疑う声がひそかに上がっていた。レキネスの苦境に対して、オーランドの商船にはレキネスから流れた客が行列をなしていたからだ。近頃では客が多すぎるために船賃も値上げされたと聞く。

遭難事件が続発する前は、オーランドはレキたちのためにすっかり儲けが減っていた。今まで高い船賃でたっぷり儲《もう》けていたのが、安く請け負うレキたちの貿易船に客が奪われ赤字に陥っていたのだ。

レキは仲間たちの苦境を目の前にして心を痛めていた。この状況をほうっておくわけにはいかない。これだけ広大な海のどこかには船を襲う生き物や海賊がいてもおかしくはない。特に海賊などという輩は山で隊商を襲う山賊のように、いつでも新しく出てくるものだ。仲間内でささやかれているように、オーランドが犯人という線も十分考えられる。しかし、どれにしても手がかりがまったくない。

「仲間の船を沈めたのは魔物かオーランドか海賊かに違いない。その正体をこの目で見極めてやる」

レキは仲間にそう宣言し、ソルフィ号でヘサイへの貿易航路に向かうことを決めた。少なくとも海賊かオーランドのしわざならば、国王に知らせて何か対策をとってもらえるだろう。

「レキ、そんな危ないことはどうかやめてくれ」

アルは必死に止めようとする。妻のソルフィも同じだった。夫を危険な目にあわせたくはない。

「ぼくはみんなのためにも確かめなくてはならないんだ」

レキの決心は固かった。

涙を流すソルフィに必ず帰るからと約束し、レキは危険なヘサイ航路に向かった。

水夫のうち恐れをなした何人かは船を降りた。レキも彼らを止めなかった。人数は半分になってしまったが、レキネスで商人となった者から、ロダンをはじめとした数人がその穴を埋めてくれることになった。みな、レキネスをなんとかしたいという熱い思いをもち、固い絆《きずな》で結ばれた仲間なのだ。

レキは星の海の荒波に揺れるソルフィ号の船尾に立ち、小さくなる湾岸都市を眺めていた。港では「きっとソルフィ号も襲われるに違いない」という悲観的な噂がささやかれたことも知っている。レキ自身も幼い頃さんざん聞かされた海の魔物を恐れていた。

「お父さん、必ずまた我が家へ帰れますように、どうかお守りください」

レキは父親の形見である銀のペンダントを握り締めて祈った。これから対峙《たいじ》する魔物は、父を海に飲み込んだものと同じかもしれない。

「星の光だ！　星が海に光っているぞ」

二日目の夜、水夫の一人が震える声で仲間に知らせた。眠っていた水夫たちが起き出して水面を見ると、無数の黄緑色の光が船の立てる波しぶきのなかできらめいている。星の海の名前の由来である不思議な光だ。水夫たちは恐れてお守りの印を切ったり祈りの言葉を唱えたりした。だが、レキは恐れることなく、その美しい光景に感動していた。そして死んだ父親のことを思い出していた。この光のどれかひとつは父の魂かもしれない。そう考えると守られているような安らかな気持ちになった。

昼も夜も常に四方に注意を配り監視する。それが、一〇日間も続き、ソルフィ号の船乗りたちはすっかり疲れきっていた。

幸か不幸か、行きの航路では何事も起きなかった。船乗りたちはなんとも微妙な心境だった。この船旅は貿易よりも仲間の船を沈めたものの正体を見極めることが目的だからだ。

ヘサイ国の港で湾岸都市から積んできた品物を売り、今度は帰りの船に積み込む品物を買いつける。一連の慣れた仕事だが、船の仲間はみな無口だった。

ヘサイの港を出航し、また張り詰めた糸のような緊張の日々が続いた。


湾岸都市まであと一日というところで、それは起きた。

「おい！　もやのなかに黒い影が見えるぞ」

物見の水夫が、寒さと恐怖で歯をがちがち鳴らして言った。その声で目を覚ました者が、眠っている者を揺り起こす。すぐにソルフィ号の全員が目を覚ました。

星の海は夜明けから早朝にかけて急に冷え込み、海面から立ち昇った水蒸気が冷やされて濃い霧が立ち込めている。ソルフィ号の船乗りたちがそれぞれの目で不気味な黒い影を目にすると、船上が不安にどよめいた。

レキも寒さのせいなのか恐怖のせいなのか、体の震えが止まらない。ガチガチと鳴る歯を強引にかみしめる。

「恐れるな。正体を見て、生きて帰って国王に報告するんだ」

事前に準備した四艘《そう》の小舟が船の後方に降ろされた。もしソルフィ号に何かあったときの脱出用だった。

「速度を落とせ。微速前進だ」

「微速前進！」

レキの命令が次々と伝えられる。

霧のなか、黒い影は大きな怪物のように見える。

どうやらゆっくりとだが、こちらへ近づいているようだ。ソルフィ号の全員が、ひとつの方向をじっと見据えたまま、恐怖に固まっている。レキも目が離せなくなった。まるで体が自分のものではないようだ。

妻のソルフィやアルのことが頭に浮かんだ。ここで自分が死ねば彼らはひどく悲しむだろう。

「どうか守ってください」

レキはひそかに形見のペンダントを握り締めた。

ソルフィ号の船上では、乗組員が息を殺して事の成り行きを見守った。それぞれが頭の中で不安を形にして想像していたことだろう。しだいに影が大きくなってくる。

「船……船だ！」

ソルフィ号に安堵《あんど》の空気が流れる。恐怖がひとつ減った。

「みんな、船だぞ。魔物ではない」

レキの言葉に乗組員は安堵した。心に描いていた恐ろしい魔物ではなかったのだ。得体の知れない相手こそが一番恐ろしい。

さらに霧の向こうに目を凝らす。

「船は二隻です！」

海賊船だろうか、それとも貿易船だろうか。それとも伝説の幽霊船だろうか。

レキは念のため、たいまつを振ってこちらの存在を知らせた。船同士がぶつからないようにするためだ。相手の反応を待つ。普通なら気がついたら同じようにたいまつを振るのだが、なんの反応もない。まだ、こちらに気がついていないようだ。

「ぶつからないよう、おも舵《かじ》で避けろ」

「おも舵いっぱーい！」

ゆっくりと船が旋回を始める。


「人影が見えます。こちらに気づいているようです」

霧のなかの二艘の船はソルフィ号と同じくらいの大きさだ。

何人かの輪郭がぼんやりと見える。

そのときだった。

船上に無数の光の点が灯《とも》ったかと思うと、それらが一斉に放物線を描いて飛んできた。

「火矢だ。気をつけろ！」

何本かはソルフィ号の甲板や帆に突き刺さった。矢の先端に染みませてあった油が飛び散り、炎が燃え広がる。布でできた帆が見る見るうちに焼け広がった。

「うわあ、海賊だ！」

「海賊だぞ!!」

船はパニックになる。積み荷にかぶせていた布にも火がつき、手がつけられない状態になってしまった。

レキはパニックを静めるために仲間に向かって大声で叫んだ。

「海賊を確認した。生きて帰りつくことが大切だ。さあ、作戦どおりにただちに脱出せよ!!」

身をかがめて火矢を避けながら、それぞれが後方の小舟に移動する。不幸にも矢が当たり、数人の船員が倒れた。倒れた仲間を助けようとした者にも無慈悲に矢の雨は襲った。とても人のことを心配している余裕はない。

悪魔のような火矢の攻撃は敵の船との距離が縮まるにつれて激しさを増し、何かを盾にして動きまわらなければ、たちどころに餌食《えじき》になった。

そのなかで、一人レキは勇敢にも船の舳先《へさき》に向かった。攻撃してきた船を見るためだ。どこの国の船かだけは確認したかった。

舳先にはいつくばって矢を避けながら目を凝らす。

「あれは!?」

軍艦のような武装船を予想していたのだが、それは外れた。形状から、湾岸都市でも見られる一般的な船だとわかった。

船はぐんぐんと近づいてくる。こちらに乗り込んでくるつもりだ。すでに海賊船の上で弓を射る人の姿も、はっきりと見える距離になっていた。

レキはそのなかに見覚えのある姿を認めた。

スラリとした長身に黒髪を縛り、もっと火を放てと指示を出している男。

「まさか!　スタムか!?」

あまりの衝撃に心臓が締めつけられる。

武装船の先頭に立っているその男は、湾岸都市へ一緒にやってきたあのスタムに違いなかった。

「なぜ、お前が！」

レキは歯を食いしばって吐き捨てるようにうめいた。思わず立ち上がり、手を振って叫んだ。

「スタム！　スタム!!」

スタムがこちらを振り向いた。視線と視線が交差する。

スタムの顔が一瞬にしてこわばった。

「レキだ、覚えているか！　レキだ！」

スタムは隠すように顔を背けたが、すぐに向き直りほかの者に指示した。

「あの者を仕留めよ！　一人も生かすな！」

血液が頭に逆流する。しかし、レキにはショックを受けている暇はなかった。

まっすぐ飛んできた矢の固まりを避けてその場に伏せる。

「早く、後ろの小舟に行かなければ」

後ろを振り返るとソルフィ号全体をすっかり炎が包んでいる。

船の上を移動するのはもう無理だ。今や武装船はソルフィ号のすぐ横に近づいているので、絶好の的になってしまう。

レキは矢が飛んでこない反対側から、転げ落ちるように海に飛び込んだ。

一艘の小舟がレキを救うために近づいてきた。

「レキ！」

小舟から身を乗り出すロダンの姿があった。レキは差し伸べられたロダンの手をつかみ、なんとか引き揚げられた。

「よかった。みんな、レキがなかなか来ないから死んじまったのかって心配していたんだ。矢の雨を生き残った者たちは全員舟に乗り込んだ」

レキは弾む息を無理に整えて立ち上がり、ほかの舟に叫んだ。

「海賊の正体がわかった。やつらはオーランドの手先だ！　この目で見た。生き残った者が国王に報告するのだ！」

大商人オーランドの名を聞き、仲間は怒りをあらわにした。

「そうか、やっぱりオーランドだったのか。許せねえ！」

「チクチョー、返り討ちにしてやる！」

レキはなだめる。

「向こうは矢も剣も装備している。しかも人数がこっちの三倍はいる。戦っても勝ち目はない。今は逃げるんだ！　必ず生き残り、我が家に戻るのだ！」

「おーっ！」

「板で矢を防ぎ、バラバラになって敵から逃れるんだ」

それぞれの小舟は大急ぎで漕《こ》ぎはじめる。四艘はすぐに散り散りになった。

オーランドの船もソルフィ号を迂回《うかい》し、逃げた小舟を全速で追ってきた。

容赦なく火矢が射かけられる。仲間の船員たちがみるみる倒れていく。

美しかったソルフィ号はもはや半分沈みかけていた。あと数刻で完全に海の中に姿を消してしまうだろう。

こうやってマシューや仲間の船も、尊い命とともに沈められたのだ。

「くそっ、絶対に許さないぞ」

レキは悔しさと怒りと悲しさに涙がこぼれた。


ヘサイからの貿易航路の帰りは、潮の流れが逆になるために船の速度は遅くなる。しかもこんな小さな手漕ぎの舟では逃げ切るのは難しい。

あっという間に哀れな二艘の小舟が追いつかれ、オーランドの武装船から鉤爪《かぎづめ》のついたロープが投げられた。そのうちの一本が縁にひっかかり、ぐいぐいと引き寄せられる。

「ああ、仲間の舟が！　捕まってしまった」

至近距離から火矢で狙い撃ちにされるのを、なんとか板を盾にして防ぐ。

そこへ油が入った壺が投げ込まれ、小舟が燃え上がった。

炎に巻かれた仲間が次々と海に飛び込むと、無防備なところを矢で狙われた。

「なんてむごいことをしやがるんだ！」

次の標的はレキの乗る小舟らしい。逃がすまいとこちらに向かってきた。死にもの狂いで漕いで逃げる。

次々と恐ろしい矢が飛んでくる。レキは用意していた板を盾にして仲間を守る。何本かがその板に刺さった。

「うわっ」

「ぐうっ！　助けてくれ」

防ぎきれなかった数本の矢が、無防備な漕ぎ手に命中した。小舟が血に染まる。漕ぐのをやめればすぐに追いつかれ、さっきのように火の壺を投げこまれるだろう。

「全速でもやのなかに逃げ込め！」

朝の霧が幸いした。レキの乗った船はなんとか濃い霧のなかに入る。

「捜せ、絶対に逃すな！」

オーランドの武装船から怒鳴り声が聞こえる。スタムの声だろうか。

できるだけ水音を立てないように、無言で静かに進む。

永遠に続くような、息が詰まる時間。


朝日が三〇度の高さまで昇る頃には霧はすっきりと晴れ渡り、視界が開けた。

「レキ、オーランドの船は見えないな」と、ロダンが肩の傷を押さえながら言った。

「ああ、なんとか霧にまぎれて逃げ切れたようだ」

レキはロダンに手当てをしてやった。致命傷ではないが、ほうっておくと敗血症になりかねない。早く適切な処置が必要だ。

「しかし、帆もないこの舟で潮の流れに逆らって進むことは難しい。それにスタムは我々が湾岸都市の港に向かうと考えているはずだ。必ずその航路を追ってくるに違いない。むしろここからなら僕の故郷の村まではそう遠くない」

レキたちは、レキの故郷の村から陸路で湾岸都市に向かうことにした。

8

星の商人

「『この世の富は限られたものではなく、無限である』と思うならば、その者は富を分かち合い、共存の世界に生きることになる」

一行はレキの故郷の村へ無事にたどり着くことができた。この事件に小さな村は騒然となった。すぐにけが人に手当てが施される。

今頃オーランドは必死になってレキを捜しているだろう。ここから湾岸都市へ通じる南の街道で待ち伏せしていることも考えられる。けがをしたロダンと二人の水夫を残して出発したが、念のために湾岸都市へは西を回って入ることにした。レキはほかの舟で逃げた仲間たちのことを考えていた。なんとか一人でも多くの仲間が無事に帰ってくれているよう祈った。


レキが湾岸都市の我が家の扉を叩《たた》くと、扉を開けたソルフィがレキを見るなり気を失って倒れてしまった。心配と緊張がそれほどひどかったのだ。かわいそうなソルフィをベッドに寝かせ、レキはアルに会いにいった。

アルの心配も言葉にできないほどのものだった。帰港予定の日から一週間も遅れていたのだからそれも当然だ。

「もう死んでしまったのかと思ったぞ。ああ、神様。いったいどうしたんだ？　何があった？」

　レキはアルの質問を無視してたずねた。

「アル！　ほかのみんなは？」

「いや、まだだ。お前たちしか帰ってきておらん。いったいどうしたんだ？」

「襲われて、散り散りに分かれたんだ」

「襲われた!?」

　レキはうなずいた。

「犯人がわかった。オーランドだ。オーランドが手下に襲わせていたんだ。マシューの船を沈めたのもきっとオーランドに間違いない。海の魔物ではないよ」

「なんだって!?　そうか、我々の船が沈んで喜ぶのはオーランドだからな。ところでどうしてオーランドだとわかったんだ!?」

「スタムが……オーランドの下で働いている僕の昔の友達が……乗っていたんだ。オーランドは部下のスタムにレキネスの船を襲わせて、呪《のろ》われているという噂《うわさ》を広めたに違いない」

湾岸都市の犯罪を取り締まる保安警備隊に報告しにいこうとするレキを、アルが止める。

「待つんだ、レキ。オーランドほどの大商人であれば、当然コネをたくさんもっている。保安警備隊や裁判官たちとのつながりがあってもおかしくはない。数年前にほかの商人ともめごとを起こしたときに、裁判官と通じて有利な判決をもらったという噂を聞いておる」

「なんだって！　だったらもっと上の位の大臣に言ったら？」

「わしにはそんなつながりがない。何か失敗すれば逆に罪をかぶせられてしまうかもしれないぞ」

「そんなおかしなことが！」

レキは怒りに任せて机を叩いた。

誰も、この国の公正な貿易を守ろうとする者はいないのだろうか。

こんな不公平が許されるなら、湾岸都市で商売をしたいという者はいなくなってしまう。

「そうだ、賢者様に会いにいってみる。賢者様ならオーランドとつながっていることはないだろう。それに元大商人だったのだから、何かいい案をもっているかもしれない」

レキは賢者の屋敷を訪ねた。

賢者は応接間に通されたレキの前に、三年前とまったく変わらぬまま現れた。懐かしい思いと不安とが混ざり合う。

まずレキは今の成功とそれが羊皮紙のおかげだという感謝の言葉を述べた。そして長年大切にしていた羊皮紙を広げて見せた。手垢《てあか》とほこりで薄汚くなっていたが、それだけ、いかにこの羊皮紙を見て活用していたかということがあらわれていた。

賢者は隠された文字が浮き出た羊皮紙を見て実にうれしそうだった。

「わしは二〇〇人に同じ羊皮紙を渡した。しかし、その法則を読み解き、理解し、実際に使ったのはレキ、おぬしが初めてじゃ」

「そうなのですか!?」

「大商人になる秘法というのはとても簡単で単純じゃ。だが多くの商人たちが進んでいる方向とはまったく逆じゃ。それがゆえに、みんなほかのもっと難しい方法を追い求めてしまうし、ほとんどの者は教えられても信じようとはせぬ。だから大商人になるのは難しいのかもしれん」

大商人という言葉が出たので、レキは大商人オーランドのことに触れ、賢者とオーランドとのつながりを探ることにした。

「賢者様。大商人と呼ばれる者は、すべてこの法則に従っているのでしょうか?」

レキの考えていることはわかったというように、賢者はうなずいた。

「世間で言う大商人と、わしが言う大商人は違うのじゃ。世間の大商人とは、ただたくさんの部下を抱え、広く商売をしている者をさす。わしの言う大商人とは、多くのものを成功させ、豊かさを分け合った者のことじゃ。

前者の繁栄は長くは続かぬ。妬《ねた》まれ、競争され、将来に脅えることになる。後者は永続する。感謝され、助けられ、幸せを受け取るのじゃ」

レキは、賢者の言葉を聞き、オーランドとの汚れたつながりがないことを信じるほうに賭《か》けた。

「賢者様、オーランドをご存じですか？」

「うむ。もちろんじゃ。誰よりも知っておる」

「誰よりも……ですか」

「知っておるも何も、やつとはバティスの契りを交わした仲じゃ。わしとオーランドはその羊皮紙に書かれたことに従って、共に商売を築き上げたのじゃ」

「バティスなのですか！」

「しかし、商売が成功し大きくなるにつれてオーランドとわしのやり方が違ってきた。それでも、一度バティスを結んだら仲たがいすることは恥ずべきこと。だからそれまでに築いた財産を分け、わしは商人を引退することにした。そして商売のすべてをオーランドに譲ったのじゃ」

「……」

「やつは昔とは変わってしまった……」

「私は大商人オーランドの船によって船三隻と五〇人の仲間を殺されました。私も襲われ、命からがら逃げてきたのです」

「なんと！　オーランドがそんなことを……」

賢者は顔を手で覆って考え込む。ショックを隠しきれない様子だ。

「……」

レキもしばらく黙って賢者が何か言うまで待っていた。

「レキよ。ひとつ確認してよいか。どうして海賊がオーランドの手の者だとわかったのだ？」

「あの、三年前に私と一緒にこちらへ来た若者を覚えていますか？　彼はスタムという名なのですが、オーランドの下で働いていたのです。その彼が武装船に乗って、指示していたのです」

レキは自分を狙《ねら》うようにと指示したスタムの姿を再び思い出し、悔しさがこみ上げてきた。

「ふむ。そうか、もう一人の若者はオーランドと同じ競争の世界に落ちてしまったか」

冷静さを取り戻した賢者は椅子から立ち上がり、室内を歩き出した。

「羊皮紙の言葉の『他の成功は己の成功』とは、たくさんの意味を含んでおる。表の意味はほかの者の成功を手助けしたとき、己も成功するということ。おぬしはよく隠された文字まで読み解いた。

しかし、そこに書かれていないもっと深い、裏の意味もある。それは『この世の富は限られたものではなく、無限である』ということじゃ。もしそう思うならば、その者は富を分かち合うだろう。そして共存の世界に生きることになる。しかし、もし富が限られたものと思うならば、富の奪い合いを始めるだろう。ライバルがいたなら、負かさずにはいられなくなる。そして一度手に入れた富を奪われないためにそれにかじりつき、怯《おび》えながら、相手を攻撃することになる。その者は勝つか負けるかの世界に住むことになる。それが競争の世界じゃ。さて、レキよ。どちらの世界が正しいと思われるか？」

「もちろん、**分かち合う共存の世界**です」

賢者は首を横に振った。

「違うのだ。どちらも正しいのだ。誰にとっても信じた世界が真実の世界だからのう。おぬしの友人は、競争の世界を選んだのじゃ。オーランドも、過去に競争の世界の住人となることを選んでしまった。同じ世界の住人は近づき、引かれあう」

「……」

「オーランドにとっては、新たに台頭してきたおぬしたちに、限られた富を奪われると感じられたのだろう。恐れから足を引っ張り、蹴《け》落とすことで生き残ろうとしたのじゃ。残念なことじゃ」

賢者は昔のバティスを思い、深くため息をついた。レキもまた旧友を思い、胸を痛めた。

「大商人オーランドは保安警備隊や裁判官ともつながりがあると聞きます。私はこれからどうすればよいかわかりません」

「ふむ。その件についてはわしから貿易大臣に伝えよう。さすれば国王陛下にも伝わり適正な処置が下されよう」

「貿易大臣とお知り合いなのですか？」

「くほほほ」懐かしい笑い方だった。

「わしの息子じゃ」

レキは腰を抜かしたが、賢者の声色は一変し、厳しいものになった。

「このようなことを許しては、この国の経済はいずれ腐り、破綻《はたん》してしまう。この国を競争の世界に落としてはならぬ。今、西の国々は政治が混乱し国が荒れておる。戦争の気配さえある。この地域はまだ平和だが、いずれ他国からの侵略がないともいえぬ。国の柱となる経済はしっかりと固めておかなくてならぬ」

「……」

「オーランド……愚かなことよ。しかしバティスの契りを交わした者としてわしにも責任がある。最後のひと仕事をしよう」


それからあっという間に状況は解決へと動いていった。事件はすぐに賢者から息子の貿易大臣へ、そして国王へと伝えられ、国を挙げての大規模な捜査が始まった。

その数日後、スタムが捕らえられたという情報がレキに届けられた。最初、スタムは自分一人でやったものだと言い張ったが、部下たちが拷問にかけられるとオーランドの指示でやったとあっさり自白したという。

その証言に基づき、ついに大商人オーランドは大審問に召喚された。大審問は国家に関係する重大な問題を取り扱う裁判で、国王自らも同席する。

その席でレキやロダンらが証言した。最初、オーランドは自分が指示したことを認めず、裁判は難航するかと思われた。しかし、常日頃からオーランドに恨みを抱いていた部下たちが次々と秘密を暴露しはじめたのだ。今回の件だけではなく、過去のオーランドの非道までもが次々と明るみに出た。

オーランドは過去にも同じようにほかの商人の貿易船を襲わせて、魔物に呪《のろ》われているという噂を広めていたというのだ。造船所を買い占めて、実質的にほかの商人が買えないようにするという表の作戦と、ライバルの貿易船を襲わせるという裏の作戦によって、オーランドが湾岸都市での貿易の旨《うま》みを独り占めしていた実態が公にさらされたのだ。

部下たちの相次ぐ証言で、オーランドはさすがに反論できなくなった。

大商人オーランドは一切の貿易の権利を取り上げられたうえ、死刑を言い渡された。それを聞いたオーランドは卒倒した。しかし誰もその重たい体を支えられずに、ぶざまに被告席から転げ落ちた。

また、スタムにも同じく死刑が言い渡された。一人を殺した罪でさえも死刑になるこの時代、武装船を指揮し多数の船乗りを殺害する罪を犯しては、死刑を免れるはずもなかった。

スタムは大審問から引き立てられるとき、振り向いてレキにこう叫んだ。

「俺《おれ》が成功するにはこうするしかなかったんだ!!」

レキは裁判官にスタムへの苦痛の少ない死刑の方法を嘆願し、受け入れられた。それがレキにできる、友人に対する最大の情けだった。スタムは、オーランドとともに公衆の面前で処刑された。

後日、レキは自分を責めた。もしスタムに〝大商人の秘法〟を教え、競争の世界から引き上げさせていればこんなことにはならなかったと。

それを聞いた賢者はこう言った。

「生きる世界は自分で選ぶもの。彼は競争の世界を自分で選んだのだ。人生の責任は本人しかとれぬ。他人の人生にまで責任をとろうとするのは傲《ごう》慢《まん》といえよう」

オーランドの所有していた多数の船は国家に没収されたのち、大部分をレキネスの仲間たちが買い取ることになった。しかしながら、大きな力をもっていたオーランドが急にいなくなったことで、湾岸都市の貿易は一時的な混乱に陥った。貿易船が需要に見合うだけ十分に稼動するようになるまで数年を要したといわれる。

レキは皮肉なことにオーランドの事件によって成功を確かなものとした。やがて、大商人レキの名前は湾岸都市だけではなく、沿海の国々にも広く知れ渡ることになった。

私生活ではソルフィとの間に三人の子供を授かった。一番上の男の子は商人になり、二番目の女の子は芸術家になり、三番目の男の子は不思議な運命で漁師になることを選んだ。

レキは常々「私の使命は大商人の秘法を世に広めること」だと語り、〝レキネス〟を貿易船だけでなく、鉱山、病院、飲食店、娯楽施設など、資本金を必要とするあらゆる産業に広めていった。レキネスは活躍の舞台を沿海諸国だけでなく東西の遠い異国にまで広げた。やがてこれらの分かち合い、成功を助け合う商人たちは「星の商人」と呼ばれるようになった。

アルことアルヘンティアの望みはすでにかなっていたが、それからも彼は周辺の村々を自らの足で回り、壺の買いつけを続けた。アルヘンティアの功績によって周辺地域の職人文化も栄えた。特にその壺は名品として王侯貴族に好まれ、世界中に知られることとなった。また、彼自身も自分の気に入った壺をコレクションし、ついにはその数は数千点にも及んだという。彼は壺のために二階建ての大きな屋敷を建て、自慢の品々と孫たちに囲まれて幸せに過ごした。そして八十歳で妻のドリに看取られ、幸せな生涯を閉じた。

その後いくつもの戦争が起き、湾岸都市の周辺の国々は領土を広げたり、滅ぼされたりして、世界の様相はめまぐるしく変わった。

アスン、ヴァレント、ヘサイといった湾岸都市となじみの国々が東の大国に併合され、歴史から消えていった。

そのなかで湾岸都市だけは独立国家としての立場を守り続け、大国の干渉を受けずに五〇〇年間も独立性を貫いた。ひとつの王国がこれほど続くのは世界の歴史を見ても異例なことである。

後世、湾岸都市は「五〇〇年国家」と謳《うた》われるようになった。そして「五〇〇年国家」が語られるとき、常にその基盤を支えた「星の商人」も称《たた》えられるのだった。

『他の成功は己の成功』
(ほかの者の成功を手助けしたとき、
己も成功する)

『この世の富は
限られたものではなく、無限である』

『成功者にふさわしき者を選べ』

『その者の成功を知れ』

『仕組みで分かち合う』

あとがき

お金、尊敬、愛……すべては勝利しないと手に入らない、と私たちは教わりました。
そして、たくさん傷つきながら、競争し奪い合うことを学んできました。
それがこの**競争の世界**での生き方だからです。

しかし、私たちの本質は分かち合いであり、ふるさとは**共存の世界**です。

もし、今から本質を生きようとすれば、
自然と本質からずれた部分が浮かび上がります。

他人の失敗を望んでしまう自分

独り占めしたくなる自分
自分ひとりだけよければいいと思う自分

もし、そんな自分に気がついても責めないでください。
競争で傷ついた自分自身なのですから。
もしも見つけたなら、恥じたり、罰したりしないで、優しく抱きしめてあげてください。

この競争の世界のなかで、分かち合う生き方を選ぶことはまだ少し難しいかもしれません。
でも、そうやって一人ひとりが自分を癒していけば、
やがて、競争の世界に生きることのほうが難しくなる時代がやってくるでしょう。

――犬飼ターボ

装丁　坂川事務所
装画　磯　良一
編集協力　菅村　薫

犬飼ターボ（いぬかい・たーぼ）

ビジネスの成功と心の幸せを同時に手に入れる〝ハッピー＆サクセス〟(略してハピサク)を人々に伝える成功小説作家。24歳でコネもお金もノウハウもない状態から、愛犬と競争心だけを心の支えに中古車販売業で独立するも失敗。生活もままならない状態に。

「成功はほかの人の成功に貢献したときに手に入る」という成功者の教えに従い再挑戦。4年後にはマーケティングコンサルティングの会社や投資会社などの複数のビジネスのオーナーとなる。

30代からハピサクを人々に伝える本の執筆やCDプログラムの作成に専念するためビジネスのほとんどを人に任せ、いわゆるセミリタイヤ生活に。現在は山梨県八ヶ岳のふもとで自然に囲まれ、家族と静かに暮らしている。

障害児の自立支援をサポートする「NPOアニーこども福祉協会」の理事。

ホームページhttp://inukai.tvでは、著作物の裏話やハピサクの方法などを無料公開している。

星の商人

2005年8月10日　初版発行
2024年10月10日　第19刷発行

著　者　犬飼ターボ©
発行人　黒川精一
発行所　株式会社サンマーク出版
〒169-0074
東京都新宿区北新宿2-21-1
（電）03-5348-7800

印刷　共同印刷株式会社
製本　株式会社若林製本工場

ISBN978-4-7631-9652-1　C0030
ホームページ　http://www.sunmark.co.jp